我不是在逃避现实，

我只是在寻找一个更有趣的现实。

被用光的人

THE MAN THAT WAS USED UP

THE COMPLETE TALES OF EDGAR ALLAN POE

［美国］埃德加·爱伦·坡 著
曹明伦 译

译林出版社

图书在版编目（CIP）数据

被用光的人 / (美) 埃德加·爱伦·坡 (Edgar Allan Poe) 著 ; 曹明伦译. -- 南京 : 译林出版社, 2025. 5. -- (爱伦·坡小说全集). -- ISBN 978-7-5753-0499-3

Ⅰ. I712.45

中国国家版本馆 CIP 数据核字第 2025AN9471 号

被用光的人 ［美国］埃德加·爱伦·坡 / 著 曹明伦 / 译

责任编辑 张紫毫
装帧设计 好谢翔
校　　对 王　敏
责任印制 颜　亮

出版发行 译林出版社
地　　址 南京市湖南路 1 号 A 楼
邮　　箱 yilin@yilin.com
网　　址 www.yilin.com
市场热线 025-86633278
排　　版 南京新华丰制版有限公司
印　　刷 苏州市越洋印刷有限公司
开　　本 850 毫米 × 1168 毫米 1/32
印　　张 7.625
插　　页 2
版　　次 2025 年 5 月第 1 版
印　　次 2025 年 5 月第 1 次印刷
书　　号 ISBN 978-7-5753-0499-3
定　　价 32.80 元

目　　录

对开本俱乐部

有一个马基雅维利式的阴谋，

不过哪一只鼻孔都没有嗅到。

——塞缪尔·巴特勒《休迪布拉斯》

对开本俱乐部，我很遗憾地说，不过是一个愚人主义的秘密团体。我认为该团体成员之丑陋就如同他们的愚蠢一样。我相信他们的既定目标就是废除文学，消灭书刊，并推翻由名词和代词组成的政府。这些都是我个人的看法，现在我冒昧地将其公之于众。

不过，在我于一星期之前首次成为这个穷凶极恶的俱乐部的一名成员之时，没有人能比我对这个俱乐部怀有更深的倾慕之情和景仰之意。为什么我的感情会经历这样一个变化，这将在下文清晰地显露。与此同时，我将维护我自己的名声和文学的尊严。

查询记录之后，我发现这个对开本俱乐部是于某年某月某日成立的。我这个人喜欢追根溯源，而且对日期有一种偏爱。当时的俱乐部章程中有一条款，严禁其成员不博学不睿智；而章程宣称的宗旨是“指导社会，娱乐自己”。为了实现后一个宗旨，俱乐部每月在一名成员家中举行一次聚会，届时要求每一位成员都带着自己近期创作的一个“散文体短篇故事”来赴会。每一篇这样的作品都将在席间大家喝着葡萄酒的时候由其作者向聚会者朗读。竞争当然非常激烈，尤其是因为“最佳故事”的作者将当即被指派为俱乐部主席，这是一个津贴不多但威风不少的职位，其任期一直要延续到另一篇最佳之作产生之时。与此相反，被指定是最劣故事之作者则必须为下一次同样的聚会提供佳肴美酒。偶尔为俱乐部吸收一名新成员，以替代某位不幸者，这历来被视为一种行之有效的方法，那位不幸者通常是连续两次或者三次被罚提供佳肴美酒的人，他将自动地同时告别那个团体和“至高无上的荣誉”。俱乐部成员的数额限定在 11 位。关于这一限额有许多正当理由，这些理由无须明说，但却自然会引起每一位善思者的联想。不过，这些理由之一据说是在大洪水前 350 年[1]的 4 月 1 日那天太阳上恰好有 11 个黑点。读者会注意到，在这么匆匆地向大家介绍这个俱乐部的概况之时，我尽量抑制住了自己的愤懑，所以说起

1　大约是公元前 2850 年。

话来不偏不倚，落落大方。只消说说上周二晚俱乐部活动的一点儿细节，我揭露该俱乐部的意图就足以实现。当时我作为该俱乐部成员首次参加聚会，因为此前我已被他们当作唯一的选择替代了被迫辞职的尊敬的奥古斯塔斯·斯科拉奇维先生。

下午5点，我按照约定时间来到了那位崇拜摩根女士的红与黑先生家里，红与黑先生的大作在上个月的聚会上遭到了谴责。我发现俱乐部全体成员已经聚集在餐厅里。我得承认，那耀眼的炉火、舒适的房间、精美的餐具以及我对自己能力适度的自信，在当时曾引起我许多愉快的遐想。我受到了热情洋溢的欢迎，我为自己能成为如此英明的一个团体之一员而沾沾自喜。

俱乐部成员一般都是魁奇之士、翘秀之才。首先是现任主席斯纳普先生，他身材瘦长，有一个鹰钩鼻子，曾供职于《新英格兰评论》。

其次是康沃尔伍络斯·冈多纳先生，一位曾走南闯北的年轻绅士。

然后是德雷路姆·纳图拉先生，他戴着一副非常奇特的绿色眼镜。

接着是一位长着一对黑眼珠、穿着一身黑衣服的小个子男人。

接着是所罗门·西德雷福特先生，他横看竖瞧都像是一条鱼。

接着是哈里比利·迪克图先生，他有白色的眼睫毛，毕业于德国格丁根大学。

接着是布莱克伍德·布莱克伍德先生[1]，他曾为外国杂志撰写过几篇文章。

接下来是主人红与黑先生，他崇拜摩根女士。

接下来是一位肥胖绅士，他崇拜瓦尔特·司各特爵士。

最后便是克朗罗洛哥斯·克朗罗洛吉先生，他崇拜霍勒斯·史密斯，并有一个曾在《小亚细亚》杂志社闻过的硕大的鼻子。

我正要脱掉外套，斯纳普先生对我说："先生，关于我们俱乐部的规章，我相信，几乎没有必要让我来告诉你任何信息。我认为你知道我们的宗旨是指导社会，娱乐自己。不过今晚我们只打算做后一项，待会儿轮到你时我们将请你朗读你的大作。现在，就让我来开始。"斯纳普先生说着推开面前的酒瓶，抽出一份手稿，朗读如下。[2]

---

1 布莱克伍德主编的《爱丁堡杂志》以刊载耸人听闻的哥特式恐怖小说而闻名。

2 爱伦·坡于1833年曾计划将已写成的11篇小说结集，以《对开本俱乐部的故事》为书名出版。按照其手稿的编排，斯纳普先生朗读的应该是《捧为名流》。

捧为名流

所有人都惊讶地踮起了十个脚趾尖。

——约瑟夫·霍尔《讽刺诗集》

我是，也就是说，我曾是，一个名人。但我并非“朱尼厄斯信札”的作者，不是那个戴假面具的人[1]，因为我相信，我的名字叫罗伯特·琼斯，而且我出生在胡蒙胡欺城的某个角落。

我来到这世上的第一个动作就是用我的双手抓紧我的鼻子。我母亲看见了这个动作，称我是一个天才。我父亲乐得泪下沾襟，并马上给我大讲了一通鼻腔学[2]。于是我在被穿上裤子之前就已经精通了鼻腔学。

我现在开始探索我的科学之路，并很快就弄懂了一个道理：假使一个人有一个足以引人注目的鼻子，

1 暗指菲利普·弗朗西斯爵士（Sir Philip Francis，1740—1818），一般人认为他曾以“朱尼厄斯”之化名发表一系列抨击英国内阁的信件，这些信件被称为“朱尼厄斯信札”。

2 原文是 Nosology（疾病分类学），该词词根与 Nose（鼻子）相似，作者在此谐用之。

那他只消以此为业便可以一举成名。但我的注意力不仅仅局限于理论。我每天早晨都要把我的大鼻子拉扯两下，并喝下六大口烈性酒。

我成年后的一天，父亲问我是否愿意随他去他的书房。

“我的儿子，”我们坐定之后他问，“你生活的主要目标是什么？”

“我的父亲，”我回答道，“我生活的主要目标就是研究鼻腔学。”

“那么，罗伯特，”他接着问，“何为鼻腔学？”

“先生，”我回答，“就是关于鼻子的科学。”

“那你能否告诉我，”他追问道，“鼻子的含义是什么？”

“鼻子吗，我的父亲，”我非常婉转地回答，“曾有数以千计的不同学者给它下过五花八门的不同定义。”（说到这儿我掏出我的表。）“现在是正午或大约是正午。到半夜之前，我们有足够的时间讲完这些定义。那我们就开始吧。鼻子，按照巴托林教授的见解，就是突出部，就是隆起部，就是肉瘤，就是……”

“答得好，罗伯特，”那位仁慈的老绅士抢过了话头，“你的学识真让我大吃一惊。我说的是真话，完全发自内心。”（说这句话时他闭上眼睛，把手摁在胸前。）“到这儿来！”（他说着话拉起我的一条胳膊。）“你的学业现在就算是完成了。眼下正是你出去闯一番的大好时机。你要做的事顶多不过就是经营你的鼻子……如此这般……如此这般……”（说到这儿他一脚把我踢下楼梯，踢出了门外。）“滚吧，我的儿子，愿上帝保佑你！”

突然间我心里感到一种灵悟，我认为被赶出家门简直是一种幸运。我决心采纳父亲的建议。我决定经营我的鼻子。于是我当场把鼻子拉扯了两下，并立即写出了一本关于鼻腔学的小册子。

整个胡蒙胡欺城沸腾了。

“了不起的天才！”《医学季刊》说。

“顶呱呱的生理学家！”《威斯敏斯特月刊》说。

“聪明的家伙！”《国外通讯》周刊说。

“杰出的作家！”《爱丁堡日报》说。

“深刻的思想家！”《都柏林评论》说。

“伟大的人物！”本特利说。

“神圣的灵魂！”弗雷泽说。

“我们中的一员！”布莱克伍德说。

“他能是谁呢？”巴斯–布勒[1]夫人说。

“他能是啥呢？”巴斯–布勒大小姐说。

---

1 巴斯–布勒原文为法语 Bas-Bleu，意为女才子，含贬义。爱伦·坡在《被用光的人》中也用了此名。

“他能在哪儿呢？”巴斯－布勒二小姐说。但我一点儿也没理会这些人的评价。我径直进了一位艺术家的工作室。

佑吾灵公爵夫人正坐在那儿让艺术家画像，如此这般侯爵正抱着公爵夫人的狮子狗，非此即彼伯爵正在与公爵夫人调情，而别碰我王子则靠在公爵夫人的椅背上。

我走到艺术家跟前亮出我的鼻子。

“哇，真美！”公爵夫人赞叹道。

“哇，天哪！”侯爵口齿有点不清。

“哇，讨厌！”伯爵呻吟道。

“哇，恶心！”王子咆哮道。

“画一画你的鼻子得多少钱？”艺术家问。

“画他的鼻子！”公爵夫人惊呼道。

“1000 英镑。”我说着坐了下来。

“1000 英镑？”艺术家沉吟。

“1000 英镑。”我说。

“真美！”艺术家完全被吸引住了。

“1000 英镑。”我说。

“你能保证它没问题？”艺术家边问边把我的鼻子转向亮处。

“我保证。”说着我喷了个响鼻。

“你能保证它不是冒牌货？”艺术家边问边虔敬地摸了摸我的鼻子。

“哼！”我把鼻子扭向一边。

“它从来没被临摹过？”艺术家边问边用一台显微镜对我的鼻子进行鉴定。

“没有。”我说着将鼻子翘起。

“真妙！”艺术家惊呼，我鼻子的动作之美使他彻底放心了。

“1000 英镑。”我说。

“1000 英镑？”他问。

“确实如此。”我说。

“真要 1000 英镑？”他问。

“正是这样。”我说。

“你将得到 1000 英镑。”他说，“多美的一件艺术品！”于是他当场开给我一张支票，并为我的鼻子画了张肖像。我回到杰尔明大街的住处，给女王陛下寄去了我的第 99 版《鼻腔学》，并附去了我鼻子的一张肖像。接着那个可怜的浪荡子威尔士王子便请我赴宴。

参加宴会的全都是名流精英。

首先是一位新柏拉图主义者。他开口闭口都是波菲利、杨布利柯、普洛提诺、普罗克勒、希洛克勒斯、马克西姆斯、泰路斯和塞里安鲁斯。

其次是一位完善人类理性者。他挂在嘴边的是杜尔哥、普赖斯、普利斯特列、孔多塞、斯塔尔夫人和那个“健康欠佳但野心勃勃的大学生”。

然后是绝对似是而非先生。他认识到所有的白痴都是哲学家，而所有的哲学家都是白痴。

接下来是伊斯提库斯·爱提各事先生。他提起火，提起同质和原子，提起一分为二和灵魂先存，提起相吸与相斥，提起原始智慧和同素体。

接着是塞耳逻辑斯·塞耳乐极神学家。他论及攸西比厄斯和阿里乌，论及异教和尼西亚宗教会议，论及牛津运动和三位一体教义，论及圣父圣子同一说和圣父圣子相似说。

接着是来自落舌德牡蛎市的糊里加塞先生。他谈到了红舌米里冬和酱汁花椰菜，谈到了圣梅勒沃尔特小牛肉，谈到了圣佛罗伦丁的腌泡汁，还谈到了拼盘柑橘果子冻。

接着是来自碰杯之乡的品杯了事先生。他浮光掠影地介绍了拉图尔酒和马克布鲁宁酒，莫索尔酒和香贝坦酒，里奇堡酒和圣乔治酒，霍布伦酒、莱昂维勒酒和梅多克酒，巴拉克酒和柏涅克酒，格拉夫酒和索泰尔纳酒，拉菲特酒和圣珀雷酒。他不喜欢沃日尔的红葡萄酒，并且闭着眼睛就能分辨西班牙的雪利酒和蒙特亚白葡萄酒。

接着是来自佛罗伦萨的丁冬丁丁锣先生。他谈论起契马布埃、阿尔皮诺、卡尔巴乔和阿尔哥斯提诺——他还谈论起卡拉瓦焦的朦胧、阿尔巴诺的明快、提香的色彩、鲁本斯的女人以及扬·斯蒂恩的诙谐。

接着是胡蒙胡欺大学的校长。他持这样的见解：月亮在色雷斯被叫作本狄斯，在埃及被叫作布巴斯提斯，在罗马被叫作杜安，在希腊被叫作阿耳忒弥斯。

接着是一个从伊斯坦布尔来的土耳其人。他老是没法不认为天使都是些公马、公鸡和公牛；他认为第六重天上的某人有 7 万颗脑袋，并认为大地由一头长着数不清的绿角的天蓝色母牛支撑着。

接着是德尔菲鲁斯·坡利格洛特先生。他给我们讲到了埃斯库罗斯失传的那 83 幕悲剧的下落，讲到了伊索乌斯的 54 份演讲稿，讲到了吕西阿斯的 391 篇演说文，讲到了忒奥佛拉斯图斯的 180 篇论文，讲到了阿波罗尼《圆锥曲线论》的第 8 卷，讲到了品达的颂歌及合唱琴歌，讲到了小荷马的 45 幕悲剧。

接着是弗迪南德·菲茨－福谢乌斯·费尔特斯帕尔先生。他给我们讲地内火和第三纪地质构造，讲汽化状态、液化状态和固化状态，讲石英石和泥灰岩，讲结晶片岩和黑电气石，讲石膏和暗色岩，讲滑石和钙质，讲闪锌矿和角闪石，讲云母板岩和圆砾石，讲蓝晶石和锂云母，讲赤铁矿和透闪石，讲锑和玉髓，讲锰和任何你觉得有趣的东西。

最后便是我本人。我讲我自己，讲我自己，讲我自己，讲我自己；讲我的《鼻腔学》，讲我的小册子，讲我自己。我翘起我的鼻子，我讲我自己。

“令人难以置信的聪明人！”王子说。

“真棒！”他的客人们说。第二天上午，佑吾灵公爵夫人拜访了我。

“你愿意去阿尔马克俱乐部吗，漂亮的家伙？”她一边问一边拍了拍我的下巴。

“一定去。”我说。

“连鼻子也带上？”她问。

“那是当然。”我回答。

“这是入场券，我的宝贝儿。我能告诉他们，说你一定会去吗？”

“亲爱的公爵夫人，我用我整颗心保证。”

“啐！那你的整个鼻子呢？”

“我用我整个鼻子保证，亲爱的。”我说。然后我把鼻子拧了两下，于是我发现自己已到了阿尔马克俱乐部。

屋里拥挤得令人窒息。

“他过来了！”站在楼梯口的一个人说。

“他过来了！”站在上面一点的一个人说。

“他过来了！”站在更上面的一个人说。

“他来了！”公爵夫人欢呼，“他来了！那个小可爱！”她紧紧地抓住我的双手，在我的鼻子上吻了三下。

一个惊人的事件随之而发生。

“我的天！”卡普里科鲁蒂伯爵惊呼道。

“真该死！”唐·斯蒂尔托先生嘟喃道。

“天杀的！”格勒诺耶亲王怒吼道。

“活见鬼！”布兰登鲁夫选帝侯咆哮道。

是可忍，孰不可忍？我当即勃然大怒，猛转身朝着布兰登鲁夫。

“喂，老兄！”我对他说，“你是只狒狒。”

“先生，”他略一踌躇后说，“我要与你决斗！”

这正是我所希望的。我们相互交换了名片。第二天上午在白垩农场，我一枪打掉了他的鼻子，然后我就去拜访朋友。

“傻瓜！”第一个朋友说。

“笨蛋！”第二个朋友说。

“白痴！”第三个朋友说。

“蠢驴！”第四个朋友说。

“草包！”第五个朋友说。

“饭桶！”第六个朋友说。

“滚蛋！”第七个朋友说。

我感觉受到了奇耻大辱，于是便回家请教我的父亲。

“父亲，”我问，“我生活的主要目标是什么？”

“我的儿子，”父亲回答，“仍然是研究鼻腔学。不过你打掉那位选帝侯的鼻子做得太过分了。不错，你有个了不起的鼻子，但现在布兰登鲁夫却完全没有鼻子。你因此被责骂，而他却成了当今之英雄。我承认，在咱们胡蒙胡斯市，一个名人的知名度与他鼻子的大小成正比。但是，天哪！你没法与一位压根儿就没有鼻子的名人竞争。

失去呼吸

哦，别呼吸……

——穆尔《爱尔兰歌曲集》

最为人所知的厄运最终也必然屈服于百折不挠的哲学精神，犹如最坚固的城池最终也必然失陷于锲而不舍的敌兵。正如我们在《圣经》中读到的一样，亚述王撒缦以色围攻撒玛利亚虽耗时三年，但最终攻下了那座城池。又如狄奥多罗斯所记载，亚述末代王萨达那帕鲁斯坚守孤城尼尼微达七年之久，但最终还是城破人亡。特洛伊毁于第二个五年的最后一年[1]，而亚索忒恰如阿里斯泰俄斯以绅士的名誉作担保所说的那样，在把它的城门关闭五分之一个世纪以后，最终还是向普萨美提克敞开了所有大门。[2]

1　希腊人攻陷特洛伊城花了 10 个年头。

2　亚索忒（Azoth）系耶路撒冷以西 35 英里处一古城（今称阿什杜德，Ashdod），曾被古埃及第二十六王朝法老普萨美提克围攻达 29 年，最终陷落。

* * * * *

“你这个坏蛋！你这只狐狸！你这个泼妇！”在我们婚礼后的第二天早晨，我对我的妻子嚷道，“你这个巫婆！你这个妖孽！你这个狂妄的家伙！你这个罪恶的深渊！你……你……”当时我踮着脚尖，掐着她的脖子，把嘴凑近她的耳朵，正在搜肠刮肚想找到一些更恶毒的骂人的字眼，这些字眼一旦出口就不会不让她明白并信服她自己的微不足道，这时我极度惊恐地发现，我已经丢失了我的呼吸。

“无法呼吸”“上气不接下气”，这些说法平时我们常常挂在嘴边；但是我从未想到这种可怕的事情居然实实在在、毋庸置疑地发生在我头上！想象一下吧（如果你有想象力的话）！我是说，想象一下我的骇然诧异，我的惊慌失措，我的极度绝望！

但有一种好的禀性从未把我彻底抛弃。在我情绪最难抑制的时候，我仍然保持着一种适当的意识，正如《朱丽》[1]一书中的爱德华勋爵说他所经历的一样，情感之路把我引向真正的哲学精神。

尽管一开始我并不能确定这一突发事件对我的影响已经到达什么地步，但我决定无论如何也得把这事

1　即卢梭的《新爱洛伊丝》。

瞒着我妻子，直到进一步的体验向我显示这场我从未经历过的灾难的程度。于是我脸上的表情来了个瞬息变幻，从刚才的横眉竖眼、龇牙咧嘴变成了嬉皮笑脸、和蔼可亲。我给妻子左脸一个抚摸、右脸一个亲吻，然后一个字也没说（复仇女神！我说不出一个字），丢下被我的滑稽举动惊呆的她，迈着一种和风舞步急转出了房间。

现在来看看我安全地躺在我自己房间的情况吧。那是恶果交织着愤怒的可怕时刻，活着却有一种死去的感觉，死了却又有一种活着的意味；这颗星球上的一个畸形儿，非常安静，但没有呼吸。

是的！没有呼吸。我郑重宣布我的呼吸已完全丧失。即便我的生命是否结束还未见分晓，但我已不能用气息吹动一片羽毛，甚至不能在明镜上留下一团雾气。残酷的命运！但当第一阵悲伤席卷之后，我终于得到了一丝安慰。经过试验，经过我是否还有能力与妻子进行对话的试验，我发现我原来断定已彻底毁掉的发音功能事实上只是局部有障碍，我发现如果我在那种有趣的紧要关头把声音降成一种奇特的低度喉音，那我仍然可以继续与她传达我的感情信息；我现在发现，这种音调（这种喉音）并不依赖于呼吸的气流，而是靠咽喉肌肉的某种痉挛。

我坐到椅子上，凝神沉思了好一会儿。我的所思所想当然不属于令人安慰的那一类。许多朦朦胧胧且催人泪下的设想一时间占据了我的心灵，甚至自杀的念头也从我脑海里一闪而过；但以远排近、以虚排实是人性堕落的一个特征。所以，想到自杀这个暴行中最明显的暴行使我浑身发抖，此时我家那只斑猫在地毯上不遗余力地喵咪喵咪，那条喜欢玩水的狗也在桌子下面孜孜不倦地呼哧呼哧；它俩显然是在炫耀它们强健的肺部，而这种炫耀是在嘲笑我肺功能不全。

正被一种希望渺茫、惊恐不安的纷乱思绪所压抑，我终于听到了妻子下楼的脚步声。一旦确定她出门之后，我又忐忑不安地回到了我这场灾难之中。

我小心翼翼地从里边把门锁上，然后开始了一场彻底的搜寻。我认为我丢失的呼吸有可能躲藏在某个阴暗角落，或潜伏在某个壁橱或抽屉里，我有可能把它找到。它也许是一种雾状的东西，甚至可能有一种实在的形体。在许多哲学问题上，大多数哲学家还非常缺乏哲学头脑。不过威廉·葛德文[1]在其《曼德维尔》一书中指出："看不见的东西是唯一的现实。"而大家都

1 即威廉·戈德温（William Godwin，1756—1836），英国作家及社会思想家，文中引言见于他的三卷本小说《曼德维尔》（*Mandeville*,1817）第3卷第3章第8节。

会承认，这真是一语破的。我倒想提醒有见识的读者不要匆匆指责这一论断过于荒谬。大家应该记得，阿那克萨哥拉[1]曾说雪是黑的，而我已经发现这是事实。

我认真而长久地继续搜寻，但我这种锲而不舍和不屈不挠所换来的报偿不过是一副假牙、两对臀部、一只眼睛和一沓温德纳夫[2]先生写给我妻子的情书。我倒不如在这儿说个明白，我妻子倾心于温德纳夫先生的证据并没有让我感到多少不安。拉克布瑞斯太太赞慕任何与我截然不同的人，这是一种既自然又必要的不幸。众所周知，我体格健壮，大腹便便，同时身材又多少有几分矮小；而我那位熟人则骨瘦如柴，其身高也早已成为笑柄，难怪他能得到拉克布瑞斯太太应有的青睐。不过我们还是言归正传。

正如前文所说，我的一番努力毫无结果。一个壁橱接一个壁橱，一个抽屉接一个抽屉，一个角落接一个角落都搜寻遍了，却依然是白辛苦一场。不过有一次我认为我确实得到了一个意外的收获，那是在搜查一个化妆用品盒的时候，我偶然打翻了一瓶格朗让护

---

1 阿那克萨哥拉（Anaxagoras，约公元前500—公元前428），古希腊哲学家，认为每一物体都含有一切物体的种子（如白雪中亦有黑色的种子）。

2 温德纳夫（原文为 Windenough）和下文中的拉克布瑞斯（原文为 Lackobreath）均系坡杜撰的人名，前者（Wind enough）暗含“中气十足”之意，后者（Lack of breath）则藏“气息奄奄”之意。

发公司制造的天使牌生发油——我在此不揣冒昧向诸位推荐，那种生发油闻起来像令人惬意的香水。

我怀着沉重的心情回到我的房间，想找到一种能避开妻子洞察力的方法，直到我能做好准备，离开这个国家，因为我已经拿定主意离家出走。在异国他乡无人认识我的情况下，我也许有可能成功地隐瞒我的不幸，这种不幸甚至比行乞更有可能疏远人们的感情，引来那些善良快活的人们对这个可怜虫的天经地义的愤慨。我不再犹豫。由于天生聪明，我记得《变形记》整幕悲剧。我非常有幸地记起了在读该剧台词时，或至少在读该剧主人公的台词时，我现在所没有的那种声调是完全不必要的，该剧要求其主人公全场自始至终都用一种一成不变的低度喉音说话。

我在人们常去的一片沼泽地边进行了一段时间的发声练习，不过我的做法与德摩斯梯尼的同类做法完全无关[1]，而是根据我自己的一种独特而谨慎的设计。经过这样充分的准备，我决定使妻子相信我突然狂热地迷上了舞台艺术。在这一点上，我成功地创造了一个奇迹。我发现，对她所提出的每一个问题或每一条建议，我都能用那幕悲剧中的某段台词和我极像青蛙叫

---

1 传说这位著名演说家曾口含石子练习朗读以克服发音不清的缺点，曾一边爬山一边吟诗以克服肺活量不足的毛病。

的阴沉声调应答自如。正如我很快就欣喜地注意到的一样，那幕剧中的任何段落都适用于任何有针对性的话题。但始料不及的是，当我朗诵那些段落的时候，我的缺陷也暴露无遗——侧目斜视，龇牙咧嘴，双膝抽搐，两脚乱跳，或是做出各种各样今天被公正地认为是舞台明星之特色的难以言传的优雅动作。诚然他们也说到了要用一件拘束衣[1]对我加以限制，可是天哪！他们绝没有怀疑我已经失去了呼吸。

在把一切安排就绪之后，我于一天清晨坐上了去某城的邮政马车，我对我的熟人们放风说，那座城市里有一桩鸡毛蒜皮的事需要我马上去亲自处理。

车厢里挤得满满的，但在晨昏朦胧之中，我那些旅伴的面容均无法辨认。我还来不及进行有效的抵抗，便被痛苦地夹在了两位体积庞大的绅士中间，第三位尺码更大的先生对他即将采取的无礼行为说了声抱歉，便挺直身体一头横到我身上并在眨眼之间就进入了睡眠状态，其鼾声盖过了我为减轻痛苦而脱口而出的喉音，与之相比，法拉里斯铜牛[2]的吼叫也会自愧不如。

1　用以束缚精神病患者或囚犯双臂的一种特制衣服。

2　法拉里斯（Phalaris，公元前 570—公元前 554）乃统治西西里岛阿格里琴托地区之希腊暴君。他常置人于一铜牛内活活烧死，受害人的惨叫声如牛吼。

幸运的是，我呼吸功能的现状完全避免了一场窒息事件的发生。

但不管怎样，随着天光破晓，我们的马车已接近那座城市的郊区，我的折磨者终于起身整理了一下他的衬衫领子，然后非常友好地对我的客气表示感谢。见我毫无动静（我四肢的关节已全部脱位，头也被扭到了一边），他的忧虑油然而生；把其他乘客唤醒之后，他毅然决然地宣布，一个死人趁天不亮之机装扮成一个活着的可信赖的旅伴对他们进行了欺骗；说着话他用拇指戳了戳我的右眼，以此来证明他讲的都是事实。

于是所有乘客，一个接一个（同车的有九名乘客），都认为有义务亲手揪一下我的耳朵。一位年轻的开业医生还把一面小镜子凑到我嘴巴前，发现我没有呼吸，那位告发者的断言被宣布为应予受理的正式议案；全体一致表示从今以后绝不低三下四地容忍这样的欺骗，而眼下则绝不与任何一具这样的尸体继续一道旅行。

因此我被扔出了马车，摔在乌鸦酒店的招牌下（当时马车正好经过那家酒店），除了我的双臂被马车的左后轮压折外，着地时没再发生别的事故。而且我必须为马车夫说句公道话，他没有忘记把我最大的那只行李箱也扔下马车，不幸的是箱子正好砸在我头上，并且立即以一种有趣而非凡的方式砸破了我的脑袋。

乌鸦酒店的老板非常好客，发现我箱中之物足以补偿他为了我的利益而可能招致的任何一点小小的麻烦，便马上派人请来了他认识的一位外科大夫，收了大夫10美元，然后连带收据把我交给其照料。

那位购买人把我弄回他的公寓并马上开始解剖。但在割下我的两只耳朵之后，他发现了我还活着的迹象。于是他摇铃叫人去请附近一位药剂师，准备与其共同磋商这一紧急情况。唯恐他认为我还活着的怀疑被最终证明为正确，他同时剖开了我的胸腔，取出几个内脏作为他的私人解剖标本。

那名药剂师的意见是我的确已经死亡。我试图反驳这一见解，于是使出全身力气又蹬又踢又踹又扭，因为那名外科大夫对我的切割已经多少恢复了我的活动能力。然而，我的全部努力都被归因为一种新型的伽伐尼电池组的作用，那个见多识广的药剂师正用那种电池组对我进行几项稀奇古怪的实验。我能在他们的实验中担负起自己的一份责任，这使我禁不住感到非常有趣。但令我痛苦的是，尽管我试了好几次想参加交谈，但我的说话能力完全处于暂停状态，我甚至不能张开嘴，更不用说驳斥他们那些颇有创见但却异想天开的理论。若是在别的情况下，凭我烂熟于胸的希波克拉底病理学知识，我早就把他俩驳得体无完肤了。

未能得出结论，那两位开业医生把我拘押起来以待进一步实验。我被送上了一个阁楼，外科大夫的妻子给我穿上了衬裤和长袜，外科大夫捆紧了我的双手，并用一条手巾堵住了我的嘴，然后从外边把门锁上就匆匆下楼吃饭去了，把我一个人丢在沉寂中冥想。

这时我极度欣喜地发现，要不是那条手巾堵住了我的嘴，我已能开口说话了。这一发现使我感到安慰，于是我像在入睡之前所习惯做的那样，开始默诵《上帝无所不在》的某些段落。就在这时，两只猫出于贪婪和该挨骂的目的，从一个墙洞钻进来，以加泰隆人的炫耀跃上我的身体，面对面地蹲在我眼前，为我无足轻重的鼻子展开了一场不合礼仪的争论。

但是，正如波斯的那位拜火教徒或占星术士[1]失去双耳却得到了居鲁士的王位，正如索皮鲁士自割鼻子却获取了巴比伦[2]，所以我面部几盎司的损失结果却拯救了我的身体。疼痛难忍，怒火中烧，我猛然一下挣断

---

1 指波斯帝国阿契美尼德王朝时期的篡位者高墨达（Gaumāta，？—公元前522）。身为祭司的高墨达曾因过失被居鲁士下令割去了双耳，居鲁士之子冈比西斯继位后不得人心，高墨达趁机冒充冈比西斯的胞弟巴尔迪亚（被冈比西斯暗杀）率众政变，篡夺王位，八年后败露被杀。

2 据希罗多德《历史》记载，波斯王大流士久攻叛乱的巴比伦城不果，手下贵族索皮鲁士（Zopyrus）割下自己的鼻子和耳朵，用苦肉计骗得巴比伦人的信任，最后里应外合破城。

了绳索和绷带。高视阔步走过房间之时，我轻蔑地看了一眼刚才交战的双方，在它们的极度惊恐与失望之中，我打开窗户，非常敏捷地从窗口跳了下去。

与我的身材和相貌酷肖的邮路大盗 W 此时正在从市立监狱去郊外为他搭起的那座绞架的路上。极度虚弱和长期患病使他获得了不戴手铐的特权；他身穿死囚服（与我的衣着极其相似），伸直身体躺在刑车的底板上（刑车刚好在我往下坠落之时从那位外科大夫家的窗下经过），刑车上除了一个正呼呼沉睡的车夫和两名喝得烂醉的第六步兵团的新兵之外再没有其他看守。

真是祸不单行，我的双脚正好落在那辆刑车上。眼快心灵的 W 抓住这个千载难逢的机会，呼地一跃而起，跳出车外，一溜烟窜进一条小巷，眨眼工夫就无影无踪了。被这阵响动惊醒的两名卫兵弄不清发生了什么，见一个与囚犯酷肖的男人站在眼前，便以为那个恶棍（指 W）企图逃跑（他们是这样表达的），于是相互沟通了看法，各自喝了一大口酒，然后用滑膛枪的枪托把我击倒。

不一会儿我们就到了刑场。我当然没法为自己辩护。上绞架是我不可避免的归宿。我怀着一种半是麻木半是讥讽的心情听天由命。有了这么一点儿犬儒主义的精神，我体验到了一条狗的全部情感。但这时刽子手调整了一下我脖子上的套索，接着我脚下的活动踏板垂落。

我不打算描述被吊在绞架上的感觉，尽管我的描述毫无疑问会绝对真实，而这样的文章还从来没有人把它写好。事实上，要写这样的文章，被吊上绞架是非常必要的。每个人都应该只写自己亲身经历的事，这可以解释为什么马克·安东尼写了一篇关于酗酒的论文。

不过我可以告诉诸位，我并没有死。我的身体是被吊了起来，可我本来就没气；若非左耳下的那个绳结（它给我一种挨了一枪托的感觉），我敢说我本来应该只感到稍稍有点儿不舒服。至于活动踏板落下时绞索对我脖子那猛的一拽，结果只不过把我在马车上被那位肥胖绅士扭歪的脖子给拧正了过来。

但是我有充分的理由竭尽全力不让那些人感到白辛苦了一趟。据说我当时的抽搐相当精彩，很难再有什么痉挛能与之媲美。围观的人纷纷要求再来一遍。有几位先生当场晕倒，而许多女士则是在歇斯底里中被护送回家。某画家利用了这一良机，根据他在刑场的一张速写，修润了他那幅令人赞慕的油画《被活剥皮的马尔斯亚斯》。

当我让人们消遣够了，他们认为应该把我的尸体从绞架上放下来。在这具被当作真正罪犯的尸体被放下并被认可时，我自己却极其不幸地无人知晓。

当然，人们对我倾注了极大同情，所以在我的尸体没人认领的情况下，决定将我葬入一座公墓。

经过一番张罗，我安然入葬。教堂伙计离去，留下我孤孤单单。这时我才发现马斯顿的名剧《愤世者》中的那行诗（死神是良友，他总敞开大门）纯粹是个弥天大谎。

不过我撞开棺材盖，走出了坟墓。墓地里一派阴森凄凉的景象，我为自己的百无聊赖而苦恼。作为消遣我在无数排列整齐的棺材间摸索着前行，把棺材一个个搬下棺架，打开棺盖，揣度躺在里面的死者。

当我跌倒在一具又肥又胖又胀又圆的尸体上时，我自言自语道："这肯定是个名副其实的不幸的倒霉蛋。他的不幸就在于他一生不能行走，而只能滚爬。他不是像人一样度过自己的一生，而是像一头大象，不像一个人，倒像一头犀牛。

"他欲获成功的尝试屡屡受挫，他东一榔头西一棒的进程是一个明显的失败。他的不幸就在于他每往前走一步，就要往右走两步，往左走三步。他的研究仅限于格拉伯的诗，他从未体验过单足脚尖旋转时的奇妙感受。而蝴蝶舞步于他只不过是一个抽象的概念。

他从不曾登上过一座山的峰顶。他从不曾从任何尖塔俯瞰过一个都市的壮美。炎热一直是他的死敌。酷暑总会热得他六神无主，七窍生烟，使他总要梦见火焰和窒息，梦见山上重叠着山，梦见珀利翁山摞在俄萨山上。他透不过气，总而言之，他透不过气。他认为吹奏管乐器是一种放肆。他是自动扇、招风帆和通风装置的发明者。他赞助过风箱制造人杜邦。他在试图吸一口雪茄时悲惨地死去。他的情况引发了我浓厚的兴趣，他的命运使我产生了深切的同情。

“但这儿，”我说，“这儿，”说着我心怀恶意地把一个又瘦又高、形体古怪的家伙从他的棺材中拽了出来，他那怪异的外表给我一种极不舒服的似曾相识的感觉，“这个可怜的家伙不值得任何同情。”这样说着话，为了把那家伙的容貌看得更清，我用拇指和食指捏住他的鼻子，使他一下子从地上坐起来。我一边捏着他的鼻子，一边继续自言自语。

“不值得，”我重复道，“任何同情。到底谁会想到去同情一个影子呢？再说，难道他还没有充分享受死亡的幸福？他是细高的纪念碑、发射塔、避雷针和钻天杨的由来。他那篇题为《影与影子》的论文使他不朽。他以杰出的才干编辑了《白骨堆上的南方》的最后一版。他早年进入大学，研究气体力学。他毕业后回到家乡，终日无休止地闲聊，吹法国小号。他还出资保护风笛。巴克利大人[1]能迎着风走去，却不能迎着他走来；温德汉姆和阿尔布瑞斯是他最中意的作家；他最喜欢的艺术家是菲茨。他在吸气的时候光荣牺牲。就像圣哲罗姆所说的那样：谦虚的美名毁于微风[2]。他毋庸置疑是一个……”

“你怎能？你——怎么——能？”我的批评对象突然打断了我的话，为了透口气，他已拼命扯掉了蒙在嘴巴上的绷带，“兰克布瑞斯先生，你怎么能如此凶残地捏住我的鼻子呢？难道你没有看见他们是如何堵住了我的嘴？你肯定知道，如果你知道什么的话，我有多少气息非排出不可！但若是你不知道，那你坐下来听听就会明白。就我的处境而言，真正的安慰莫过于能够张开嘴巴，能够尽情倾述，能够与一个像你这样认为不应该随时打断一位绅士讲话的人交谈。打断别人的讲话是令人讨厌的，理所当然应该被废除，你难道不这样认为？别回答，我求你，一次有一个人讲话就够了。我一会儿就说完，那时你再说。先生，你究

1 即罗伯特·巴克利（Robert Barclay，1648—1690），苏格兰领主，好徒步行走，曾一日步行 115 公里。

2 圣哲罗姆的原话是：“谦虚之美名在女人中间是一种脆弱的东西，（如同）一朵娇花，一旦暴露在微风中就会被摧毁。”

竟是如何到这地方来的？我求你别吭声，我到这儿已有些时候了，可怕的事故！我想你听到过——可怕的灾难！打你家窗下经过，就在不久以前，大约在你迷上舞台艺术那段时间，可怕的事故！听说过‘透气’这个词吗，嗯？别吭声，我告诉你，我当时把别人的气给透过来了！这下我总是透不过气。在街角碰到勃拉柏那个喋喋不休的家伙，他不给我机会说出一句话，不容我插进一个字，结果我犯了癫痫病，勃拉柏逃走了，那些该死的白痴！他们以为我没气了，便把我埋在这里，他们干得可真够漂亮！我听到你对我的那些议论。每个字都是谎言，真可怕！真奇怪！真残暴！真讨厌！真不可思议！……”

人们不可能想象我听到那番如此出乎意料的话时的惊讶，或喜悦心情，我渐渐明白，被那位绅士（我很快就认出他是我的邻居温德纳夫先生）那么不幸地透过去的那口气实际上就是我在与妻子对话之时所丢失的呼吸。时间、地点和当时的情形都证明这一点确凿无疑。但我并没有马上松开温德纳夫先生的鼻子，至少在这位钻天杨继续向我解释之时没有松开。

在这一点上我受一种习惯性的谨小慎微所驱使，这种谨慎历来是我的主要特点。我想到在我保鲜防腐的路上也许还存在许许多多的困难，这些困难只有靠我自己坚韧不拔的努力才能克服。我认为有许多人对自己所拥有的一切都敝帚自珍，无论这些东西是多么毫无价值，令人讨厌，甚至使人痛苦，可一旦为别人所得或被他们自己抛弃，他们总想得到与别人的受益程度成正比的好处。难道温德纳夫先生就不可能是这种人？若我表示急于想得到他现在正心甘情愿要抛弃的这口气，那我说不定正好把自己暴露给他贪婪的要求？我感慨万端地记得这世上有那么些无赖，他们甚至会无所顾忌地抓住每一个不公正的机会占邻居的便宜，而且（恰如希腊哲学家爱比克泰德所说）正是在人们最迫不及待地想摆脱他们自己所承受的灾难之时，他们最不想去替别人消灾化难。

脑子里盘旋着诸如此类的考虑，两指仍紧紧捏着温德纳夫的鼻子，我认为有必要将自己的回话修饰一番。“怪物！”我以一种愤怒的声调开始，“怪物！两口气的白痴！难道不是因为你的不仁不义，上天才高兴用双重呼吸来使你倒霉。我说，你居然敢用老熟人的腔调来跟我套近乎？‘我撒谎’，当然！‘别吭声’，遵命！真是一场对一位只有单呼吸的绅士的美妙谈话！还有，这一切都发生在我有能力消除你活该遭受的灾难之时，在我有能力削减你不幸多余的那口气之时。”

像布鲁图一样，我先不再说，静候回答[1]。果然，温德纳夫先生的反应随即如一阵旋风向我袭来。声明连着声明，道歉接着道歉。无论多苛刻的条件他都愿意接受，而没有一个条件对我没有好处。

准备工作终于就绪，我那位熟人把他多余的呼吸转给我。（经过认真仔细的检查之后）我给他开了张收据。

我意识到许多人将责怪我以如此马虎草率的方式来讲述这一如此精细微妙的事件。人们将会认为我本来应该对这一事件的细枝末节进行更为严密详尽的描写，这样也许很有可能从更新的角度来阐释物理学一个十分有趣的分支。

很遗憾我不能对上述意见逐一作答。我所能给予的答复仅仅是一个暗示。的确有些细节可谈，但我思量再三之后认为，对一件如此微妙的事谈得越少越安全。如此微妙，我重复一遍。与此同时，这事还牵涉到一个第三者的利益，而我眼下丝毫不想招惹他的愤怒和怨恨。

在做好必要的准备之后，我们很快就开始了逃离

---

1 "我先不再说，静候回答"的原文"I paused for a reply"出自莎士比亚《裘力斯·恺撒》第 3 幕第 2 场第 37 行，乃刺杀恺撒者布鲁图(Brutus)对民众讲完"不是因为我不爱恺撒，而是因为我更爱罗马"那段话后的结束语。

坟墓地牢的行动。我们复苏的声音所汇成的声浪很快就清晰可闻。辉格党编辑西索尔斯重新发表了一篇题为《地下声音的本质与起源》的论文。紧接着就是一家民主党报纸专栏中的一番答复、辩解、驳斥和澄清。直到为了解决这场争端而揭开墓顶，我和温德纳夫先生的出现才证明两党都明显地大错而特错。

在结束叙说这经历足够丰富的一生的某些奇闻怪遇之时，我不能不再次让读者注意到那不偏不倚的哲学的价值，它是一面可靠而适用的盾牌，可以抵挡那些看不见、摸不着、想不透的灾难的箭矢。正是以这种智慧之精神，古代的希伯来人坚信天国之门将不可避免地为罪人或圣人敞开，他们将用其健全的肺脏和绝对的虔诚高呼“阿门”。正是以这种智慧之精神，当一场猖獗的瘟疫在雅典肆虐，而任何方法都不能将其祛除之时，埃庇米尼得斯，如第欧根尼·拉尔修在他的第二本书里谈到那位哲学家时所说，提议为“真正的神”建起神龛和圣殿。

被用光的人

一个关于最近巴加布和基卡普战役[1]的故事

哭吧，哭吧，我的眼睛！没时间笑了，

因为我生命的一半已经把另一半埋葬。

——高乃依《熙德》

我现在就是记不起当初我是在何时或何地与那位真称得上英俊的名誉准将约翰·史密斯相识的。当时某人的确把我介绍给了那位绅士，这我敢肯定；那是在某次公共聚会上，这我很清楚；举行那次聚会是为了某件很重要的事，这毫无疑问。我还确信聚会就是在某个地方举行的，只是那地方的名字被我给莫名其妙地忘了。实际情况是——就我这一方面而言，当时的介绍伴随着一点儿令人不安的窘迫，而正是那种窘迫使我对时间和地点都没有留下明确的印象。我这个人有点儿神经质，这是与生俱来的缺陷，对此我无法

1 巴加布和基卡普是两个印第安部落，曾于 1836 年卷入第二次塞米诺尔战争（又称佛罗里达战争，1835—1842）。

克服。尤其是，只要出现稍显神秘性的事物，出现任何我不能充分理解的要点，都会立刻使我陷入一种焦灼不安的可怜境地。

我正在讲的那个人身上好像有一种非凡的东西。对，非凡的，尽管要表达我的全部意思这个字眼还嫌平淡。他身高或许有6英尺，有一副独具威严的仪表，整个身上弥漫着一种高贵的气质，暗示出他具有教养且出身名门。关于这个话题，即关于史密斯的容貌仪表的话题我负有一种令人悲伤的义务来加以仔细描述。他那头美发肯定会为布鲁图发式[1]增光，因为从不曾见过头发有那般润泽，那么光滑，那么乌黑。他那难以想象的连鬓胡也是同样颜色，或更恰当地说是没有颜色。谁都会发现我一说到他的胡须就压抑不住热情，说那是阳光下最美的鬓胡也毫不过分。总之，胡须环绕着他那张无与伦比的嘴，有时还部分地夺去了嘴的光辉。嘴里有两排人们所能想象得出的最整齐洁白的牙齿。在每一个恰当的机会，那两排皓齿之间都会吐出一种最清晰、最悦耳并最富感染力的声音。说到我那位熟人的眼睛，那也是天赋其美。那对眼睛的任何

1 古罗马人以美发为荣，苏维托尼乌斯就在其《名人传》第35章专门记载过罗马独裁官辛辛纳图斯的美发。布鲁图发式以古罗马政治家布鲁图而得名，其型为将头发从额前向后梳平。在传统舞台上，在莎士比亚《尤利乌斯·恺撒》一剧中出现的布鲁图有一头美发。

一只都抵得上普通人的一双眼睛。眼睛是深褐色，非常大，非常亮；人们时时可以感觉到，单是那双眼睛有趣的斜视就给人一种含蓄的意蕴。

将军的胸部无疑是我所见过的最美的胸部。你一辈子也休想从它那令人惊叹的比例中找到任何瑕疵。这种罕见的比例使他的双肩越发俊秀，连阿波罗雕像也会因之自惭形秽，满脸通红。我对那副美肩情有独钟，可以说我以前从没见过如此完美的肩头。那两条胳臂也被塑造得令人叹为观止。他的下肢也毫不逊色。实际上，那下肢简直是人腿美之极至。每一位人体鉴赏家都承认那是一双好腿。腿上的肌肉既不太多，也不太少；既不粗糙，也不纤弱。我实在想象不出还有比他的股骨更优美的曲线，他那举世罕有的腓骨也同样美妙绝伦，正是那罕有的腓骨造就了他小腿比例精确的造型。我真希望我那位年轻而有才的雕塑家朋友希朋切比诺能看一看名誉准将约翰·史密斯的那两条美腿。

然而，虽说如此绝美的男人不像理由和黑莓那样俯拾皆是，可我仍然不能相信，我刚才所提到的那种非凡的东西，那种弥漫于我那位新朋友身上而我却不知究竟的奇特神态，竟完全在于，或说百分之百地在于他那超群绝伦的天生玉质。这或许可以从他的举止上去探究，但在这一点上我也不能说我完全自信。他的举止虽说不上生硬，但总有一种拘泥（请允许我这样来表达），他的每个动作都显得有点儿过分严谨，这种严谨若出现在一个身材稍微矮小一点的人身上，就会使人觉得有那么一点儿做作、夸张或局促，但若是出现在一位像他那样身材高大的绅士身上，则很容易被视为出于节制与傲慢，出于一种值得赞赏的意识，简而言之，出自一种与其魁伟身躯成正比的威严。

那位把我介绍给史密斯将军的好心朋友私下向我嘀咕了几句关于将军的评价。他是个非凡的人，一个非常了不起的人，实际上是当地最了不起的人之一。他还是女士们特别喜欢的人物——这主要是因为他英勇无畏的盛名。

“在这一点上他可是天下无双。他真是个十足的亡命徒，一个真正的吞火大师，这千真万确。”我的朋友说到这儿把嗓音降得不能再低，那种神秘兮兮的声音令我毛骨悚然。

“一个真正的吞火大师，这千真万确。我应该说，最近在南方与巴加布族和基卡普族印第安人的那场吃亏的大战中，他表现得相当出色。”（说到这儿我的朋友瞪圆了眼睛。）“啧啧！遍地鲜血！漫天炮火！惊人的勇气！你当然听说过他，你知道他是一个……”

“一个还活着的人，”这时将军本人插了进来，“各位好吗？说实话，挺高兴见到你们！”他说着上前一把握住我朋友的手。当我被介绍给他时，他有点不自然却极其谦恭地欠了欠身。我当时觉得（现在也认为）我从未听到过那么清晰那么动人的声音，也从未见到过那么漂亮的一口牙齿；但我得说我很遗憾他那个时候插进来，因为我朋友的那番低语和暗示当时已经使我对这位巴加布和基卡普战役中的英雄产生了极大的兴趣。

不过，名誉准将约翰·史密斯痛快淋漓的谈吐很快就驱散了我的遗憾。我那位朋友做完介绍便匆匆离去，留下我俩面对面地促膝畅谈，那番交谈不仅使我感到愉悦，而且真正地使我深受教益。我从不曾听过有人像他那样口若悬河，也从不曾遇到过有人像他那样无所不知。但由于他的谦虚稳重，他闭口不谈我当时最想知道的那个话题（我是指关于巴加布战争的鲜为人知的事实）。就我而言，我想当时是一种微妙的礼节意识令我难以开口问他，尽管我内心真恨不得说出那个话题。我还察觉那位勇敢而英俊的军人喜欢谈论哲学，尤其喜欢评论机械发明的日新月异。实际上不管我把话头引到哪儿，他最终都会将其引回这个话题。

“没有比这更奇妙的了，”他总会说，“我们是一代奇妙的人，生活在一个奇妙的时代。降落伞和铁路！陷阱和弹簧枪！我们的轮船航行在所有的海洋，‘拿骚号’飞艇就要开始在伦敦和廷巴克图之间定期飞行了（单程旅费只需 20 英镑）。谁能预测电磁学原理的必然结果将会对社会生活、艺术、商业和文学所产生的巨大影响呢？这还并非全部，我向你保证！发明创造之路永远没有尽头。最奇妙的，最精巧的——让我补充一点，汤……汤……汤普逊先生，我相信这是你的名字——让我再补充一点，最实用的，真正最实用的机械发明，每天都在像蘑菇一样不断涌现，请允许我这样形容，或说得更形象一点，就像……啊……像……像蝗虫，汤普逊先生——在我们周围并包……包……包……包围着我们！”

汤普逊固然不是我的名字，但不用说我是怀着对史密斯将军极大的兴趣而离开他的，我对他的口才有一种高度的评价，而对我们有幸生活在一个机械发明的时代并享受其提供的宝贵特权也有了深刻的意识。然而，我的好奇心还没有被完全满足，我决定马上在我的熟人中进行调查，询问有关准将本人的情况，尤其是询问他在巴加布和基卡普战役中所起的重要作用。

第一个机会出现并被我毫不犹豫就抓住了（现在回想起来我还激动得发抖）。这机会出现在牧师德鲁蒙普博士的教堂，那是在一个星期日做礼拜的时候，当时我发现自己不仅坐在教堂的长凳上，而且还坐在我那位值得尊敬、心直口快的可爱朋友塔比莎小姐的身边。我有充分的理由庆幸这一天赐良机。如果说有任何人对名誉准将约翰·史密斯有任何了解的话，那我清楚地知道这个人就是塔比莎小姐。我俩相互交换了一下眼色，然后就把头凑到一起低声交谈起来。

“史密斯！”她开始回答我一本正经的提问，“史密斯！干吗不称呼约翰将军？天哪，我还以为你对他啥都知道呢！这真是个不可思议的发明时代！那种事真让人恶心！一群残忍的家伙，那些基卡普人！战斗得像个英雄！惊人的勇气！不朽的名声！史密斯！约翰将军！啊，你知道他是个……”

“人，”这时德鲁蒙普博士把嗓门提到最高点，并砰的一声敲了下布道坛，以唤起我们注意，“人，为妇所生，天数有限，如花萌生，如花被砍！”[1]我猛然一惊，朝布道坛望去，从牧师激动的脸上我能看出，他那阵差点儿用敲破布道坛来表现的愤怒缘于我与塔比莎小姐的交头接耳。实在没有办法，我只好欣然忍受那份肃穆的折磨，听完了他精彩布道的其余部分。

---

1 语出《旧约·约伯记》第 14 章第 1—2 节。

第二天晚上我成了喧哗剧场一名稍稍迟到的观众。我深信，我只消走进那个漂亮的包厢，见到和蔼可亲且无所不知的阿拉贝拉和米兰达这对艺术鉴赏家姊妹，我的好奇心就能得到满足。那晚由著名悲剧演员克莱马克思扮演伊阿古[1]，剧场里挤得满满的，加之那个包厢就紧靠舞台边门，完全俯瞰整个舞台，结果我费了好一番口舌才让二位小姐明白我的来意。

"史密斯？"阿拉贝拉小姐终于弄明白我的问题后说，"史密斯？干吗不称呼约翰将军？"

"史密斯？"米兰达若有所思地问，"天哪，你见到过比他更英俊的人吗？"

"没有，小姐，但请告诉我……"

"见过如此无与伦比的优雅吗？"

"从来没有，我向你保证！但求你告诉我……"

"见过这样一种对舞台效果的鉴赏吗？"

"小姐！"

"见过对莎士比亚真正的美更敏锐的感觉吗？请看那条腿！"

"见鬼！"我重新转向她姐姐。

"史密斯？"她说，"干吗不称呼约翰将军？那种事

1　莎士比亚悲剧《奥赛罗》中的反派人物。

真让人恶心，不是吗？一群卑鄙的家伙，那些巴加布人，真是丧心病狂！但我们生活在一个不可思议的发明时代！史密斯！哦，是的！了不起的人！十足的亡命之徒！不朽的名声！惊人的勇气！前所未闻！”（这几个字是用尖声叫出。）“天哪！为什么他是个……”

“……不管是曼陀罗
还是这世界上所有安眠的琼浆
都永远不能再给你安稳的睡眠
像你昨天夜里所享有的一样！”[1]

这时那个悲剧演员突然在我耳边咆哮，他的拳头就在我眼前不停晃动，使我不能忍受，也不愿忍受。我匆匆告别了那对鉴赏家小姐，径直去了后台，给了那个卑鄙的无赖一阵痛打，我相信这顿打他一辈子都不会忘记。

在那位可爱的寡妇凯瑟琳·王牌夫人家的晚会上，我深信自己不会再遇到同样的失望。所以当我一坐上牌桌，面对漂亮的女主人时，我就迫不及待地提出了那些已经搅得我心绪不宁的基本问题。

---

1 《奥赛罗》第3幕第3场中伊阿古的台词。

“史密斯？”我的对家说，“干吗不称呼约翰将军！那种事真让人恶心，不是吗？你是说方块？那些基卡普人真是些可怕的恶棍！对不起，饶舌先生，我们是在玩惠斯特，不过，这是一个发明的时代，毫无疑问。这时代，有人会说，最卓越的时代。我这是在讲法语吗？哦，真是个英雄！十足的亡命徒。你没红桃，饶舌先生？我不信。不朽的英名！惊人的勇气！闻所未闻！天哪，为什么他是个……”

“曼？曼上尉？”这时从房间最远那个角落传来一个小个子女人的尖叫，“你们在谈曼上尉和那场决斗吗？哦，我得听听。讲呀，继续讲呀，王牌夫人！接着讲吧！”王牌夫人又接着讲了，讲的全是一个要么挨了枪子，要么被吊死了的什么曼上尉[1]，也许那家伙既该挨枪子又该被吊死。是的！王牌夫人继续讲，而我，我却溜了。那天晚上再没有机会听到更多关于名誉准将约翰·史密斯的情况。

我仍然安慰自己，坏运气迟早会过去，并决定冒昧去那个迷人的小天使、优雅的舞会皇后皮罗奥特夫人的宴会上去打探情况。

---

1 这位名叫丹尼尔·曼的上尉卷入了当时轰动美国的药业大王迪奥特（Thomas W. Dyott，1771—1861）欺诈性破产案（1839 年 5 月—6 月在费城开庭审判）。

“史密斯?”皮罗奥特夫人一边和我跳和风舞一边对我说，“史密斯?干吗不称呼约翰将军?那些巴加布人干的事真可恶，不是吗?可怕的印第安人!你的脚该往外转!我真替你害臊。勇敢的人!可怜的家伙!但这是个不可思议的发明时代。哎哟，我快透不过气来了。简直是个亡命徒!惊人的勇气!闻所未闻!难以置信!我必须去坐一会儿再接着给你讲。史密斯!为什么他是个……”

“曼弗雷德，我告诉你!”当我领皮罗奥特夫人去座位时，巴斯－布勒小姐大声嚷道，“有人听说过那本书吗?那是《曼弗雷德》，正如我刚才所说，无论如何也不是《忠仆》。”[1]巴斯－布勒小姐专横地向我招手,不管我愿不愿意，我只能离开皮罗奥特夫人去参加一场裁决拜伦勋爵一出诗剧剧名的辩论。尽管我非常干脆地宣布那部悲剧的真正名称是《忠仆》，而不是《曼弗雷德》，但当我回过头寻找皮罗奥特夫人时，她早已不见踪影。在悻悻然离开那幢房子时，我心里充满了对天下所有巴斯－布勒小姐[2]的不共戴天的仇恨。

---

1 曼弗雷德是拜伦同名诗剧中的主人公,忠仆之名则源自《鲁宾逊漂流记》中那个忠心耿耿的仆人“星期五”，曼弗雷德的英语名是Manfred，“星期五”的英语名是Man-Friday，两者读音相似。

2 巴斯－布勒原文为法语Bas-Bleu,意为女才子,含贬义。爱伦·坡在《捧为名流》中也用了此名。

事情现在看起来已非常严重，我毅然决定去拜访知心朋友西奥多·西尼维特先生；因为我知道至少可以从他那儿得到一些具体的消息。

“史密斯？”他以那种远近闻名的拖长了的声音说，“史密斯？干吗不称呼约翰将军？那些基……基……基卡普人真野蛮，不是吗？你说！难道你不这样认为？十足的亡命之……之……徒。真不幸，我以名誉担保！不可思议的发明时代！惊……惊人的勇气！顺便问一下，你听说过曼……曼上尉吗？”

“曼上尉死了！”我说，“请继续讲史密斯将军吧。”

“哼！……好！……都是一回事，正如我们用法语说的。史密斯，嗯？约翰名誉准将？我说，”（说到这儿西尼维特先生认为他该把指头摁在鼻子一侧。）“我说，你该不是真真切切打心眼里想要告诉我，你对史密斯的事还不知其尽然，还不是像我这样了如指掌，嗯？史密斯？约翰将军？天哪，为什么他是一个……”

“西尼维特先生，”我央求道，“难道他是一个戴着面具的人？”

“不！不！”他狡黠地说，“也不是一个月亮上的人。”

我认为这回答是一个明显而纯粹的侮辱，于是马上愤然离去，决心要让我的朋友西尼维特先生尽快对他非绅士的无礼行为做出解释。

但与此同时，我要把事情弄个水落石出的愿望并未被挫败。我还有一个渠道。我要直接找那消息的源头。我要立刻去拜访将军本人，直言不讳地要求他回答这个令人头痛的神秘的问题。我想他本人至少不会有机会闪烁其词。我要开门见山，直截了当，像馅饼皮那样干脆，像塔西陀和孟德斯鸠那样简洁。

我去拜访的时候天还很早，将军正在穿戴，但我说有急事，一名年迈的黑人侍从把我领进了将军的卧室，在我访问将军之时，那名黑人一直在一旁服侍主人。我当然是一进卧室就四下张望寻找主人，但一时间却没看见他的人影。一个模样非常古怪的大包裹似的东西躺在我脚边地板上，由于我并非世界上脾气最好的人，所以我一脚把它踢到了一边。

“哼！啊哼！我得说你真懂礼貌！”那个包裹用一种介乎于叽叽和呜呜之间的最细微也最滑稽的声音说，那种声音我平生就听见过那一次。

“啊哼！真懂礼貌，我应该说。”

我吓得尖叫着一下退到房间最远的角落。

“天哪！我亲爱的朋友，”那个包裹又发出声音，“怎么？怎么？怎么？怎么回事？我想你根本就不认识我。”

我对这能说什么呢？我能说什么呢？我摇摇晃晃

地坐进一把椅子，圆瞪着眼睛，大张着嘴巴，等待这一奇观显露真相。

“可是，奇怪你竟然不认识我，不是吗？”这时我觉得地板上那个发出声音的奇妙包裹正在做某种令人费解的动作，类似人拉上一只长袜的动作。但显而易见，那儿只有一条腿。

“可是，奇怪你竟然不认识我，不是吗？庞培，给我那条腿！”那个叫庞培的黑人侍从递上一条早已穿好鞋袜的非常漂亮的软木腿，那包裹转眼之间就用螺丝刀上好，然后在我眼前站了起来。

“那是场血腥的战斗，”那东西继续说话，仿佛在自言自语，“但当时我们必须同巴加布人和基卡普人作战，我们以为负点轻伤就能熬到胜利。庞培，现在请给我那条胳臂。”（转向我。）“托马斯的软木腿无疑做得最好，但是，假若你缺一条胳臂，我亲爱的朋友，你一定得让我向你推荐毕晓普。”说话间庞培已经装好那条胳臂。

“你也许会说我们操作得非常熟练。现在，你这个家伙，快给我穿上肩和胸！皮蒂特做肩真是把活儿做绝了，但要做一副胸你必须去找达克罗。”

“胸！”我说。

“庞培，你难道永远也梳不好那头发？做头发虽然是粗活，但你想要最好的还得去榆树发店。”

“头发！”

“现在，你这黑鬼，拿牙来！想有这么一口好牙你最好马上去帕姆利牙科诊所；价钱很贵，但很管用。可我当时只能把那些顶好的东西往肚里吞，那个大个子巴加布人用步枪枪托往我嘴里夯。”

“枪托！往里夯！！我的天哪！！！”

“哦，是的，顺便说说我的眼睛。这儿，庞培，你这个懒鬼，快把它装上！那些基卡普人挖眼睛可真够麻利，但威廉医生毕竟是个能以假当真的天才；你没法想象我用他做的眼睛看得有多清楚。”

现在我开始清楚地看见站在我面前的那个包裹原来正是我的新朋友名誉准将约翰·史密斯。我必须承认，庞培的一番操作使那人的外貌产生了一个非常惊人的变化。然而，虽说外观上的疑团被迅速解开，但那嗓音仍然令我大惑不解。

“庞培，你这个黑家伙，”将军用他那叽叽叽的声音说，“我看你是真想让我不戴我的上颚就出门。”

于是那个黑人一边喃喃道歉，一边走到他主人跟前，带着一副马贩子的神气掰开主人的嘴巴，把一个模样奇特的小机器装了进去，他的动作灵巧得使我几乎没反应过来是怎么回事。但是，将军整个面部表情的变化是那么突然和令人吃惊。当他再开口说话时，他的嗓音已变成我第一次与他见面时所听到的那种非常悦耳并富有感染力的声音。

“那些该死的无赖！”他的声音一下变得那么清晰，真把我给吓了一跳，“那些该死的无赖！他们不但敲掉了我的上颚，而且不怕麻烦地至少割去了我八分之七的舌头。不过，要做出这种真正称得上好的舌头，全美国除了邦凡特医生还找不到第二位。我可以放心地把你推荐给他。”（这时将军欠了欠身子。）“我向你保证，我非常乐意为你效劳。”

我以最谦恭优雅的方式感谢了他的这番好意，然后马上向他告辞。这下我终于完全弄清了整个事情的来龙去脉，终于彻底解开了那个一直搅得我心绪不宁的疑团。事情是那么清清楚楚。事情是那么明明白白。名誉准将约翰·史密斯是一个……是一个被用光的人。

生意人

条理乃生意之灵魂。

——谚语

我是个生意人。我是个有条理的人。条理终究是必不可少的东西。不过我打心眼儿里最瞧不起的就是那些对条理不求甚解却夸夸其谈的古怪的白痴，他们只注意条理二字的字面意思，却玷污其精神实质。那些家伙总是用他们认为有条理的方法在做最无章法的事情。我想这里边有个绝对似非而是的悖论。真正的条理只适应于平凡而清楚的事务，而不可用于超出常规的事情。有谁能把明确的概念赋予这样的说法，诸如“一个有条不紊的花花公子”或“一种井然有序的扑朔迷离”？

要不是在我很小的时候发生过一件幸运的事，说不定我对这个问题的看法也会和你们一样不那么清楚。当有一天我正发出不必要的吵嚷声之时，一位好心的爱尔兰老保姆（我在遗嘱里将不会忽略她）抓住我两只脚后跟把我倒提起来，在空中晃荡了两三圈，让“这个尖叫的小恶棍”止住了眼泪，然后把我的头重重地撞在床柱上。啊，这一撞决定了我的命运，撞出了我的运气。我头顶上顿时隆起一个疙瘩，后来证明那疙瘩是一个条理器官，它有多漂亮，人们在夏天总会看到。从此我对秩序和规律的欲望就把我造就成了一个杰出的生意人。

如果说这世上有什么我可憎恶的，那就是天才。你们那些所谓的天才全都是著名的蠢材。越是伟大的天才越是著名的蠢材，这个规律没有例外。尤其是你不可能把一个天才培养成一个生意人，正如你不可能从一个守财奴口袋里掏出钱，或是从松果里提炼出肉豆蔻一样。天才们往往总是不顾“事物的合理性”而突然改弦易辙去从事某项异想天开的职业，或进行某种滑稽可笑的投机，去做那种无论如何也不能被视为生意的生意。因为你单凭他们从事的职业就可以辨认出他们。假若你看出一个人在做进出口贸易，或从事加工制造，或经营棉花烟草，或处理任何与此相似的业务；假若你发现某人是布匹商或制皂人，或在干任何与此类同的差事；假若你察觉某人自封是律师、铁匠或医生，或任何诸如此类的角色，那你马上就可以把他视为天才，然后再根据比例运算法则把他视为蠢材。

现在无论从哪个方面看我都不是一个天才，而是一个有板有眼的生意人。我的现金日记簿和分类账将很快证明这一点。那些账簿记得非常清楚，尽管这是我自诩；我有精确而严谨的习性，时钟欺骗不了我。再说，我的生意与我同胞们的日常习惯从来都很合拍。在这一点上我并不觉得自己辜负了意志非常薄弱的父母。毫无疑问，若不是我的保护天使及时赶来搭救，我最终肯定会被他们造就成一名古怪的天才。在传记中真实最为重要，而在自传中更容不得半句假话，但我几乎不奢望读者能相信我下面陈述的事实，不管我陈述得多么庄重。大约在我 15 岁那年，我可怜的父亲把我推进了被他称为“一名做一大堆生意的受人尊敬的小五金代销商”的账房！做一大堆无聊的事！但他这个愚蠢之举的后果是我两三天后就不得不被人送回了我那个大门装饰了门钉的家，当时我发着高烧，头痛欲裂，痛点就在我头顶那个条理器官的周围。那头痛差点儿要了我的命，我在无法确诊的危险中过了六个星期，医生们对我已经绝望，放弃了所有治疗措施。但是，虽说我经受了不少痛苦，可我大致上是个幸运的孩子。我终于逃脱了成为“一名做一大堆生意的受人尊敬的小五金代销商”的厄运，我非常感激那个已成为我救星的头顶上的疙瘩，以及当初赋予我这颗救星的那个好心的爱尔兰女人。

大多数孩子长到十一二岁便离家出走，可我却一直等到16岁。若不是碰巧听到母亲说要我独自开一家杂货店，到那时我还不觉得我该离开家呢。杂货店！只消想象一下吧！我当即决定离家出走，去尝试做一门体面的生意，不用再奉承两位古怪老人的反复无常，不用再冒最终被造就成一个天才的危险。在第一阶段的尝试中，我的这一计划进行得非常顺利，到我18岁的时候，我发现自己已在服装流动广告界做着一门涉及面广且有钱可赚的生意。

我之所以能够履行这门职业的繁重义务，仅仅是凭着我对已形成我主要心理特征的条理化的执着。一种一丝不苟的条理不仅体现在我的账目中，而且表现在我的行为上。以我而论，确保人成功的是条理而不是金钱；至少我绝不是靠雇我那个裁缝而发迹的。我每天上午9点约见那名裁缝并要出当日所需服装。10点钟时我行进在某个时髦的队列中，或者出现在某个公共娱乐场所。我以精确的规律性转动我漂亮的身体，以便我身上服饰的每一个部分能被人逐一看清，我那种转动的规律性令做这门生意的所有行家都赞叹不已。到中午时我一定会把一名主顾带到我的老板裁剪先生和请再来先生家中。我一讲到这些就无比自豪，但同时眼里也滚动着泪花，因为那家裁缝店的两位老板原来是最卑鄙的忘恩负义之徒。我与他们争吵并最后分手，是因为一笔小账，而那笔账无论如何也不会被真正熟悉这门生意行情的绅士认为是漫天要价。不过在这一点上我感到骄傲和欣慰，因为我能让读者自己做出判断。我的账单如下：

裁剪及请再来先生联合成衣店

支付流动广告人彼得·普洛费特　金额 $

7 月 10 日	常规街头行走并领客上门	00.25
7 月 11 日	同上	00.25
7 月 12 日	撒谎一个，二级；毁损黑布料按墨绿色布料售出	00.25
7 月 13 日	撒谎一个，一级；特别质量和尺寸；推荐水磨缎为绒面呢	00.75
7 月 20 日	购新式纸衬衫领或称假前胸，以衬托彼得呢外套	00.02
8 月 15 日	穿双衬短摆上衣（温度计在阴凉处显示 706 华氏度）	00.25
8 月 16 日	单腿站立三小时，以展销新式背带裤，每腿每小时 12.50 美分	00.375
8 月 17 日	常规街头行走并领回顾客一名（肥胖	

	大个儿）	00.50
8 月 18 日	同上（中等个儿）	00.25
8 月 19 日	同上（小个儿并出低价）	00.06
		$ 2. 955

这张账单上有争议的主要款项就是 2 美分买那个衬衫假胸的天公地道的出价。我以名誉担保，这并非不合理的高价。那是我所见过的最匀称最漂亮的衬衫假胸；而且我有充分的理由相信它的衬托导致了三件彼得呢外套的销售。然而，那家成衣店年长的那位合伙人只允许我出价 1 美分，并擅自向我演示了以何种方法可以用一张大页书写纸做出四个那样的假胸。但不用说我坚持的是原则。生意就是生意，做生意就应该像做生意的样子。骗我这 1 美分，骗我这 50%，没有任何规矩，也没有任何条理。我当即结束了与裁剪先生和请再来先生的雇佣关系，独自投身于“眼中钉”行业，一种最有利可图、最值得尊敬、最不受约束的普通职业。

我的诚实、条理和严格的经营习惯在这儿又一次发挥作用。我发现自己生意做得很红火，很快就成了交易所中众所瞩目的人。其实我从不涉足于华而不实的业务，而是墨守成规一步步地慢慢发展。若不是在经营那个行业的一宗日常业务时发生了一点小小的意外，那我无疑今天还在做那种生意。每一个聪明人都知道，无论任何时候，一旦一个年迈而有钱的吝啬鬼，或一个挥金如土的败家子，或一家濒临破产的公司，动了要建一幢大楼的念头，那这天下还没有什么东西能打消他们的主意。而这一事实正是“钉子户”行业主要的经营项目。所以，上述那些人的建楼计划刚一开始酝酿，我们从事“钉子户”行业的人就在拟议中的建楼地址稳稳地占住一个相宜的角落，或是在相邻或相对的地方占一个最好的位置。这事完了我们就等待，等到那大楼修到一半，我们便雇请一名有风格的建筑师在紧挨着大楼的地方匆匆搭起一座虚有其表的建筑：或是幢新英格兰式农舍，或是间荷兰式塔房，或是一个猪圈，或是任何有独创性的奇棚怪屋，管它像爱斯基摩人的，基卡普人的，还是霍屯督人的。当然，在利润少于购地盖房成本总额 500% 的情况下，我们无论如何也不能拆掉那些建筑。我们能吗？我问这个问题，并请教其他生意人。回答是，如果认为利润低于 500% 就能拆，那一定是疯了。可当时偏偏就有那么一家卑鄙的公司请求我做那样的生意。那样的生意！我当然没有接受他们荒唐的报价，但我觉得自己有义务在当天晚上用烟灰去涂黑他们那座大楼。就为了这个，那群丧心病狂的恶棍把我送进了监狱；而当我出狱之时，“钉子户”行业的绅士们未能避免与我断绝业务往来。

我后来为了生计而被迫冒着风险去做的“挨打”生意使我娇弱的身体感到多少有点不适应，但我怀着一颗适应的心开始了这项工作，并且一如既往地发现当年那位可爱的老保姆赋予我的有条有理、一丝不苟的习性使我获益匪浅。我若是在遗嘱中把她漏掉，那我一定是个最卑鄙的小人。如我所言，凭着我对那种买卖规矩章法的观察，凭着我记下的那些脉络分明的账簿，我使得自己能克服重重困难，最终体面地在那个行当中站稳了脚跟。说实话，在任何行业都很少有人能像我这样舒舒服服地做生意。我只需从我的日记簿里抄下一两页就可以避免我在这里自吹自擂，就可以避免那种品格高尚的人应该避免的恶习。请看，日记簿毕竟不会撒谎。

1月1日（元旦）：街头偶遇斯纳普，步履踉跄。备忘：潜在主顾。稍后又遇格拉夫，酩酊大醉。备忘：也是潜在主顾。两位绅士均记入分类账，并各自开立流水账户。

1月2日：见斯纳普在交易所，迎上猛踩其脚。他握紧拳头，把我击倒。妙！重新爬起。在索价上与代理人巴格有细小分歧。我拟索要伤害赔偿金1000美元。但巴格说那样被人一拳击倒我们至多只能索赔500美元。备忘：务必辞退巴格，此人毫无条理。

1月3日：上剧院寻找格拉夫，见他就座于一侧面包厢，在第二排一胖一瘦两位女士中间。用剧场望远镜观察那伙人，直到看见那胖女士红着脸对格拉夫说悄悄话。我起身过去，然后进入包厢，将鼻子凑到他伸手可及之处。他没扯我的鼻子，初试未果。擤鼻再三，仍未成功。于是坐下朝瘦女士眨眼，此时心满意足地感到他抓住我的后颈把我提起，并把我抛进正厅后排。颈关节错位，右腿严重撕裂。欣然回家，喝香槟一瓶，在那个年轻人账上记下5000美元欠款。巴格说索价合理。

2月15日：私了斯纳普先生一案。入日记账金额：50美分（参见账目）。

2月16日：格拉夫一案败诉，那个恶棍给了我5美元。支付诉讼费4.25美元。纯利润（参见日记账）75美分。

于是，在很短一段时间内我就有了一笔不少于1.25

美元的净收入，这还仅仅是斯纳普和格拉夫两笔生意，而我在此庄严地向读者保证，以上抄录是从我的日记簿里信手拈来的。

但与健康相比金钱犹如粪土，这是一个古老而颠扑不破的谚语。我觉得“挨打”生意对我娇弱的身体要求太苛刻，最后还发现我完全被揍得变了形，以至于我已不能准确地知道如何处理业务，以至于朋友们在大街上碰见我竟全然认不出我就是彼得·普洛费特，这下我想最好的办法就是改行另谋生路。于是我把注意力转向“溅泥浆”行业，而且一干就是好几个年头。

这一行业最糟的一点就是许多人对此都趋之若鹜，因而竞争异常激烈。每一个发现自己的头脑不足以保证自己在流动广告界、“眼中钉”行业或是在“挨打”的营生中获取成功的笨家伙都想当然地以为他能成为“溅泥浆”业的一把好手。可最令人难以接受的就是那种认为溅泥浆无须动脑筋的错误观念，尤其是那种认为溅泥浆就用不着条理的荒唐见解。我所做的只是小本经营，可我讲究条理的老习惯使我经营得非常顺利。我首先是十分慎重地选定了一个街口，而除了那个街口我绝不把扫帚伸到城里的其他任何地方。我还小心翼翼地使自己手边拥有了一个漂亮的小泥坑，那泥坑我随时都能就位。单凭这两点我就在顾客中建立起了良好的信誉，而我告诉你们，这已经使我的生意成功了一半。接下来是人人抛给我一个铜子儿，然后穿着干干净净的裤子通过我的街口。由于我这一行的经营特点被人们充分理解，所以我从未遇到过欺诈的企图。如果我被人哄骗，我将不堪承受。我做生意历来童叟无欺，所以也没人装疯卖傻赖我的账。当然我没法阻止银行的欺诈行为，它们的暂停营业给我的生意带来灾难性的不便。可这些银行不是个人，而是法人；众所周知，法人既没有让你踢一脚的身体，也没有供你诅咒的灵魂。

就在我财源滚滚之时，我受到一种不幸的诱惑，把生意扩展为“狗溅泥浆”业。这一行虽说与老本行大致类似，但无论如何也不那么受人尊重。固然我的经营场所非常理想，位于市中心的黄金口岸，而且我备有第一流的靴油和鞋刷。我那条名叫庞培的小狗也长得肥头大耳，而且极其精明，不易受骗。它从事这一行当已有很长时间，请允许我说它是精于此道。我们日常的经营程序是，庞培自己先滚上一身稀泥，然后蹲在商店门口，直到发现一位穿着双锃亮皮靴的花花公子朝它走近。这时它开始向那人迎过去，用它的身子在那双威灵顿长靴上磨蹭一两下。于是那位花花公子破口大骂，然后就四下张望找一名擦靴匠。我就在那儿，在他的眼前，带着第一流的靴油和鞋刷。那只是一种一分钟买卖，转眼之间 6 美分就到手了。这种生意我们稳稳当当做了一段时间，实际上我并非贪婪之辈，可庞培却是条喂不饱的狗。我答应给它三成红利，但它坚持要对半分成。这我不能接受，于是我俩吵了一架，然后分道扬镳。

接下来我做了一阵在街头演奏手摇风琴的营生，而且可以说我干得相当不赖。那是一种一看就会的买卖，不需要任何特殊的技艺。你可以让你的手摇风琴只发出一种风鸣声，而要做到这一点你只需把那玩意儿拆开，用榔头狠狠地敲上三下或者四下。这样一来那玩意儿的音质顿时改善，其经营效果会远远超出你的想象。然后你就只需背着那玩意儿沿街行走，直到你看见路面上铺着鞣料废渣，看见门环上缠着鹿皮。这下你可以停下来摇响你的风琴，装出你是想使它不再发声，可实际上尽量让它吱嘎到世界末日。不一会儿就会有一扇窗户打开，有人会抛给你 6 美分，并附上一句“让那玩意儿住声，赶快滚开”之类的话。我知道有些同行一直是拿到那笔钱就能承受“滚开”，但对我来说，我觉得投入的成本太高，不允许我在低于 10 美分的情况下就轻易“滚开”。

干那一行我做成过不少买卖，可不知为什么我总觉得不甚满意，于是我最终放弃了那一行当。其实我当时处于没有真正爱上那一行的不利位置，而且美国的街道太泥泞，具有民主作风的居民太霸道，再说到处都是那些该死的爱玩恶作剧的孩子。

我停业赋闲了几个月，但最后终于怀着极大的兴趣成功地在“假邮政”事业中占有了一席之地。开办这种邮政责任轻松，而且并非完全无利可图。譬如，我一大早就得准备好我的假信邮包。在每封信里面我都得信手涂鸦几笔（就我能想得出的足以令人莫名其妙的话题），然后签上汤姆·多布森，或博比·汤普金斯，或诸如此类的名字。把信一封封折好封好，再盖上各种假邮戳，诸如新奥尔良、孟加拉、植物学湾或任何远在天边的地方，最后我便立即踏上当天的邮路，显出一副匆匆忙忙的样子。我通常专挑大房子投递假信并接收包裹。那些人付投递费从不含糊，尤其是付双倍邮资更不犹豫，人就是这样白痴。在他们来得及打开信之前，我早就轻而易举地转过了一个拐角。干那一行的不足之处就是我走路太多，而且走得太快，投递区域的变换也太频繁。此外就是我感到良心自责。我不忍心听见无辜者被人辱骂，全城对汤姆·多布森和博比·汤普金斯的那种咒骂听起来真叫人不寒而栗。我怀着厌恶的心情洗手不再做那门生意。

我做的第八种也是最后一种生意是“养猫”。我发现这是一种非常令人惬意又有钱可赚的生意，而且真的一点儿也不麻烦。尽人皆知，这个国家已经是猫害成灾，以至于前不久有一份万人签名的除猫请愿书被送到国会，正赶上国会休会前那令人难忘的最后一轮会议。在当今时代，国会的信息异常灵通，已通过了许多明智而有益的法案，而《禁猫法》的通过更是锦上添花。在众议院最初通过的这项法案中，政府提供一笔资金收购猫头（每个4美分），但参议院成功地修正了该项法案的主要条款，结果用“猫尾”代替了“猫头”字样。这一修订显而易见是那么精当，以至众议院一致同意。

总统刚一签署那项法案，我就倾其全部资本购进雄猫和雌猫。开始我只能喂它们老鼠（价格便宜），可人们执行起那项神圣的法令来是那么雷厉风行，以至于我终于认为慷慨才是上策，于是我让那些猫纵情享受牡蛎和海龟。按照法定价格，它们的尾巴现在为我带来可观的收入；因为我发现借助马卡沙生发油，我一年可以收割三次。我还高兴地发现那些猫很快就适应了新变化，现在它们都宁愿让它们的尾巴被剪掉。所以我认为自己是一个成功的生意人，我正期待着在哈得孙河畔廉价买一幢别墅。

甭甭

当美酒使我陶醉，我会比巴尔扎克[1]博学，比皮布拉克[2]聪明，用一条胳膊就能扫荡所有的哥萨克，睡在卡戎[3]的渡船上就能跨过他那条冥河，沉着镇静地走向骄傲的埃阿科斯[4]并请他抽袋烟。

——法国民谣

皮埃尔·甭甭是一个出类拔萃的餐馆老板，我想这一点凡是在某时代常去鲁昂菲布维尔死胡同那家小餐馆的人都不会随意争辩。皮埃尔·甭甭同样也擅长于那个时期的哲学，我想这一点更是无可非议。他的肝酱馅饼无疑是完美无瑕的，但什么样的笔才能公正地评判他关于天性的文章、他关于灵魂的思想、他关

1 此处指 17 世纪法国文学家让-路易·巴尔扎克（Jean-Louis Guez de Balzac，1597—1654）。

2 皮布拉克（Seigneur de Pibrac，1529—1584），法国著名法理学家，写过道德诗。

3 卡戎（Charon），希腊神话中接引亡灵过冥河的摆渡者。

4 埃阿科斯（Aeacus），希腊神话中的冥府判官。

于精神的见解呢？即便他的油煎鸡蛋和清炖牛肉难以评说，但那个时代的哪一位文人墨客没有为一种“甭甭思想”，就像为其他所有大学者的所有无聊的思想而慷慨挥毫呢？甭甭搜遍了其他人未曾搜遍的图书馆，读的书比其他任何一个人想读的还多，明白的理比其他任何一个人认为可能弄明白的还多。虽说就是在他的全盛时期，鲁昂也有作家断言：“他的格言既无柏拉图学派之精纯，又无亚里士多德学派之深邃。”虽然，请注意，虽然他的学说并没有很普遍地被人了解，但这并不说明他的学说就很难理解。我想，正是由于他那些学说的不言而喻才使得许多人认为它们高深莫测。就连康德（但我们别把这点说过了头），连康德那些高深的理论也主要受惠于甭甭。甭甭的确不是一位柏拉图主义者，严格地说也不是一位亚里士多德主义者。他也不像近代的莱布尼茨把本可以用来发明焖肉，或用来分析一种感觉的宝贵时间白白地花在试图使愚顽不化的油水交融般琐碎的道德讨论上。甭甭全然不是这样。甭甭是爱奥尼亚式的，甭甭同样也是古意大利式的。他凭先验推理，他也靠经验推理。他的思想是先天的，他的思想也是后天的。他信奉特拉布宗的乔治，他也信奉贝萨里翁[1]。甭甭明显是一个甭甭主义者。

我已经说过这位哲学家具有餐馆老板的资格。但我不会让我的任何一个朋友去想象，我们的主人公在履行他所继承的那一行业的义务时会对其尊严和重要性缺乏一种适当的认识。情况远非如此。其实根本不可能说出他所从事的哪一样职业更使他引以自豪。依他之见，思维能力与胃之功能有着密不可分的联系。我实在不能肯定他与中国人的见解有多大不同，中国人认为灵魂寄寓在腹腔。他认为希腊人无论如何也是对的，他们用同一个词来表示精神和隔膜。我说这些并非想含沙射影地指责饕餮贪食，也不是想严厉批评那位形而上学家的偏见。如果说甭甭有缺点，那么哪一位大人物没有上千个短处？我是说，假若皮埃尔·甭甭真有不足之处，那也不过是无伤大雅的白璧微瑕，换个心情来看，这种瑕疵的确通常都被视为美德。至于这些微瑕中的一个小疵，我之所以在这篇小说中将其提及，仅仅是因其过于显著，极度昭彰，与甭甭通常的脾性形成了鲜明的反差。这就是他绝不会放过任何讨价还价的机会。

1　拜占庭人文主义学者特拉布宗的乔治（George of Trebizond，1396—1486）曾论断亚里士多德的现实主义学说优于柏拉图的理念主义学说，此论断遭到时任天主教枢机主教的贝萨里翁（John Bessarion，1403—1472）的严厉批判。

并不是甭甭贪得无厌，不。这位哲学家绝不仅仅满足于为自己的利益而讨价还价。假如一桩买卖谈成，随便什么买卖，不拘什么条件，也无论在什么样的情况下，许多天内人们都会看到一丝扬扬得意的微笑使他容光焕发，一种老于世故的眼色显示他的聪明。

我刚才所提到的那种古怪的脾性会招惹人们的注意，这在任何时代都不足为奇。而在我们的故事所发生的年代，这种怪癖若不引人注目那反倒让人不可思议了。很快就有人传言，每当那种时候，甭甭的微笑总是不同于他平时自己开玩笑或者招呼熟人时的那种直截了当的露齿而笑。人们开始暗讽一种令人激动的性格；人们开始讨论那些匆匆成交而事后又后悔的危险的买卖；人们开始数落那个十恶不赦的作家为了达到他狡猾的目的而形成的莫名其妙的能力、不明不白的渴望和有悖常理的嗜好。

这位哲学家还有其他缺点，但几乎都不值得我们认真去探究。譬如，人们很少发现博大精深的思想家没有贪杯的嗜好。值得一说的是，这种嗜好到底是博大精深之动人原因，还是博大精深之确凿证明，据我所知，甭甭并不认为这个话题三言两语就能说清楚；我也一样。但千万别以为这位餐馆老板沉湎于一种如此正统的古典嗜好就会丧失他的直观辨别力，这种直观辨别力常常同时为他的论文和炒蛋增添特色。他独处幽居之时就是勃艮第葡萄酒物尽其用之际，也是罗讷河谷葡萄酒发挥用途之机。在他看来，索泰尔纳白葡萄酒之于梅多克红葡萄酒就好比卡图卢斯之于荷马。他总是一边啜饮圣佩雷白葡萄酒，一边玩三段式演绎法，但阐释一种理论他总是品尝伏旧葡萄酒，而推翻一种学说他则要狂饮香贝坦红葡萄酒。如果这种敏感的礼节观念只是在我上文提到的那种不重要的嗜好方面伴随着他，那也就万事大吉，但事实并非如此。说实话，哲学家甭甭的思想特征最后终于呈现出一种奇异的偏激而神秘的性质，似乎带有他所喜欢研究的日耳曼魔鬼学的浓厚色彩。

在这个故事发生的年代，走进菲布维尔死胡同那家小餐馆就是步入了一位天才的圣殿。甭甭是一位天才。鲁昂没有一个帮厨不会告诉你甭甭是一位天才。他那只猫知道这一点，在这位天才面前总是忍住不摇尾巴。他那条爱玩水的大狗通晓这一事实，每当主人走近它便会庄重其举止，耷拉其耳朵，并垂下它那完全不配一条狗所具有的下颌，充分暴露它的自卑意识。但实际上这种习惯性的尊重大多应归因于这位形而上学家的容貌。我不得不说，一个气度不凡的外貌甚至对野兽来说也是重要的；而我乐于承认这位餐馆老板的外表很适合让人对这头四足兽的创造力留下深刻的印象。这个小伟人的神态之间有一种与众不同的威严（但愿我能被允许进行这样模棱两可的表达），单看这样的身材人们无论何时都看不出有创造力。然而，就算甭甭身高不足一米，就算他的脑袋属于小型中的小号，但若是看他那滚圆的肚子，人们不可能不产生一种近乎于登峰造极的宏伟感。据其尺寸，狗和人都定能看出那是他学识的一个象征；依其巨大，则定能看出那是他不朽灵魂的恰当寓所。

如果这使我高兴，我就会详细描述这位形而上学家的服饰和其他外观情况；我就会暗示说我们的主人公的头发留得很短，光滑地梳理在前额，并被一顶圆锥形的白色法兰绒帽及其帽饰所覆盖；我就会暗示说他那件嫩绿色的紧身皮上衣并没有追随那个时代一般餐馆老板所穿戴的时髦；我就会暗示说那衣袖比被允许流行的衣袖更宽大，那袖口是翻卷的，但翻卷部分并非像在野蛮时代通常所用的与衣服本身同色同质的布料，而是极富想象力地用了热那亚产的杂色天鹅绒；我就会暗示说他的拖鞋是一种鲜艳的紫色，奇妙地饰着金丝，要不是脚趾部分有精致的嵌缝和色泽瑰丽的镶边和绣花，那很有可能是日本货；我就会暗示说他的裤子是用一种名为“讨人喜欢”的像是缎子的黄色织物缝制，他那天蓝色的斗篷形状就如女人的长袍，上面饰满了深红色的图案，就像清晨的薄雾在他肩上自由飘舞；我就会暗示说他的整副模样曾引发佛罗伦萨即兴诗人贝内韦努塔的惊人之语：“真难说清皮埃尔·甭甭到底是乐园中的一只鸟，还是一座完美无缺的乐园。”我是说，如果我高兴，我就会详尽地描写上述几点。但我克制住自己，纯粹的私人琐事应该留给那些历史小说家，因为他们有损于实事求是的道德尊严。

我已经说过，走进菲布维尔死胡同那家餐馆就是步入了一位天才的圣殿，但当时只有天才本人能充分估量那座圣殿的价值。由一副对开纸做成的招牌在门前摇晃。招牌一边画着一个酒瓶，另一边画着一块馅饼，招牌背面是“甭甭之业”几个醒目的大字。这位业主的双重职业便这样微妙地暗示出来。

一跨过门槛，那座建筑的内景便尽收眼底。一个屋顶微斜、古色古香的长形房间就是这家餐馆提供的全部服务设施。房间的一个角落里安置着这位形而上学家的卧床。一排幔帐加上一个希腊式的华盖顿时便赋予那张床一种舒适的氛围和一种古典的意味。与床的位置成对角线的另一个角落显现出厨房和书房融为一体的特征。一盘议论静静地放在食品柜上。这儿是满满一锅最新伦理学，那儿是整整一壶十二开本杂集。多卷本德国道德与炙烤架亲密无间地待在一起，烤面包的铁叉会被发现躺在攸西比厄斯的旁边，柏拉图优哉游哉地倚在平底锅里，而同一时期的手稿则被装订在一柄烤肉叉上。

在其他方面，甬甬餐馆应该说与当时的一般餐馆略有不同。一个硕大的壁炉张着大口正对着大门。壁炉的右边是一个敞开的碗柜，碗柜里陈列着一长排贴着标签的酒瓶。

正是在这儿，在某年寒冬的一个夜晚大约 12 点，在皮埃尔·甬甬听完了邻居们关于他古怪嗜好的评议之后，我说正是在这儿，皮埃尔·甬甬把他们全都撵出了屋子，咒骂着在他们身后锁上了房门，然后怀着并不十分平和的心情把自己置身于一把皮垫扶手椅和一团木柴炉火的安慰之中。

这是一个在一百年中只能遇上一两次的那种可怕的夜晚。雪下得很猛，房子在狂风中摇摇欲坠，从墙缝和烟囱钻进的风可怕地吹动着这位哲学家床头的幔帐，并打乱了他的馅饼锅和文稿的体系。暴露于暴风雪的凶狂之中的那块大招牌摇曳着，发出不祥的吱嘎声，而招牌坚实的橡木支柱则发出一阵呻吟。

并不是在心平气和之中，我说，那位形而上学家把他的椅子拖到壁炉边通常的位置。就在那个白天，许多错综复杂的情况相继发生，扰乱了他平静的沉思默想。他本想做一份公主蛋卷，却不幸地做成了王后蛋卷；对一个伦理学原理的发现结果因打翻一锅炖肉而泡汤；最后，但并非最不重要，他竟然在一场他任何时候都能因成功地战胜对手而获取那种特殊快感的讨价还价中遭受了挫折。但在他因那一连串不可理喻的变化而感到烦躁之中，也并非没有在某种程度上交织着一个风雪交加之夜最容易引发的精神焦虑。吹声口哨把我们上文提到的那条身躯庞大且喜欢玩水的黑狗唤到更靠近他身边的位置，忧心忡忡地坐在他那把椅子里，他忍不住将他小心翼翼且神色不宁的目光投向房间的幽深处，甚至连那通红的火光也只能部分地驱散那些不屈不挠的阴影。当他完成了这番也许连他自己也不知道确切目的的扫视之后，他把一张堆满书籍文稿的小桌子挪近座位，很快就专心致志于修改一大部打算第二天就要出版的手稿。

他这样全神贯注地工作了几分钟，这时房间里突然有一个声音嘀咕道："我不着急，甭甭先生。"

"魔鬼！"我们的主人公惊叫着一跳而起，推翻了身边的小桌，纳闷地环顾四壁。

"千真万确。"那个声音平静地回答。

“千真万确！什么千真万确？你为什么来这儿？”我们的形而上学家厉声问道，这时他看见一个身影正伸直身子躺在他的床上。

“我是说，”那位闯入者没有注意他的诘问，“我是说我一点儿也不为时间着急，我所冒昧请求的这桩交易其实一点儿也不紧迫，总之，我完全可以等你写完你的论文。”

“我的论文！喂！你怎么知道，你怎么能认为我是在写一篇论文？我的上帝！”

“嘘！”那个身影用压低的尖声回答，接着从床上跃起，朝我们的主人公走近了一步。随着他的逼近，垂悬在头顶上方的一盏铁灯向后瑟瑟晃动。

那位哲学家的惊愕并没有阻止他把这位不速之客的衣着相貌仔细地打量一番。一套贴身却是上个世纪式样的已褪色的黑衣一下就精密地勾勒出了一个极其瘦削但比常人高很多的身影的轮廓。这身衣服当初显然是为一个矮得多的人剪裁的。他的脚踝和手腕都露出一大截。不过他鞋上的一对灿烂夺目的带扣使他那身衣服所暗示的清寒显得虚伪。他没戴帽子。头顶全秃，只有后脑勺垂下一根相当长的辫子。一副有边框的绿色眼镜使他的眼睛免受光的影响，同时也阻止了我们的主人公查明那双眼睛的颜色或形状。那人周身都没有穿衬衫的迹象，但一条脏兮兮的白领带极其精确地系在咽喉处，领带两端照礼仪并排垂下（虽然我敢说是出于无心），使人想到一位牧师。实际上，他的相貌举止的许多方面都能使人确认那种属性。像现代牧师所时兴的那样，他的左耳上夹着一个颇像古人用的尖笔一样的东西。从他上衣胸前的口袋里露出一本用钢扣装订的黑色小书。不知是有心还是无意，那本书的封面正好朝外，使人能看清那黑底白字的书名《天主教礼仪》。他的整副面容显露出一种引人入胜的阴郁，甚至一种尸体般的苍白。他的前额很高，由于沉思而布满了皱纹。他的嘴角下垂，露出一副最最谦恭的表情。还有他交叉的十指和当他走向我们主人公时的一声长叹，总之是一副不会不引起人们好感的神圣的模样。当甭甭对这位不速之客进行了一番令人满意的观察之后，他脸上的怒气早已烟消云散。他亲切地与他握手，并请他坐下。

但是，谁要认为这位哲学家感情的突变是因为那些自然会被认为有影响力的任何原因，那他就大错而特错了。据我尽其所能对他性格的了解，皮埃尔·甭甭的确是所有人中最不容易被华美的外表和优雅的举止所影响的人。一个对人对事的观察都如此精密的人，不可能不一眼就看出这位如此滥用他好客殷勤的不速之客的真正身份。多的不说，来访者那双脚的形状就足够奇特，他现在轻轻戴回头上的那顶帽子也高得过分，他裤子后部有一块隆起的地方在微微震颤，而他上衣燕尾之摆动是一个显而易见的事实。那就判断一下，我们的主人公是以什么样的满意的心情发现他自己就这样立即与一位他在任何时候都绝对尊敬的人建立了友谊。然而，他太具有外交家的素质，所以不会放过眼前真实情况的任何蛛丝马迹。他并不想显得已全然意识到了他如此意想不到地所享受的殊荣，而是想靠诱使客人与他对话，从而引出一些重要的伦理观念，这些观念一旦写进他打算出版的那本书，不但将使整个人类受到启蒙，同时也将使他自己流芳百世。我应该补充一点，那位客人的高寿以及他众所周知的对伦理学的精通，很有可能使他提供出那些观念。

被自己的远见卓识所鼓舞，我们的主人公请那位绅士坐下，并趁机往壁炉里添了一些木柴，往被扶起的小桌子上放了几瓶啤酒。他飞快地准备好这一切，然后拉过椅子与客人面对面坐下，等着客人开口。然而，就像最周密的计划往往也容易一开始就受挫一样，那位餐馆老板发现客人一开口就把他弄得狼狈不堪。

“我看你认得我，甭甭。哈！哈！哈！嘿！嘿！嘿！嘻！嘻！嘻！呵！呵！呵！呜！呜！呜！”那魔鬼一说话便抛开了刚才还拥有的凝重端庄，咧开大嘴，露出一口参差不齐的尖牙，把头往后一仰，令人厌恶地哈哈大笑，引得那条蹲伏在一边的黑狗也起劲地加入了合唱，那只斑猫突然改变行径，在房间最远的角落里坐下来尖声应和。

我们的哲学家没有笑，他太具有人的属性，所以他既不会像狗那样大笑，也不会像猫那样尖叫，从而暴露出极不雅观的惊惶。但必须承认，他感到了几分惊讶，因为他看见客人口袋里那本书上用白色字母拼成的“天主教礼仪”这个书名在短短几秒内既改变了颜色又改变了字义，在原来书名的位置，“罪犯名目”几个红色的大字赫然醒目。这一惊使甭甭在答话时露出了一种本来不应该有的窘态。

“哟，先生，”哲学家说，“哟，先生，老实说，我以为你是……当我说……魔……也就是说我认为……我想象……我有一种模糊的……一种非常模糊的想法……我不胜荣幸……”

“哦！呀！是的！很好！”魔鬼打断他的话头，“别说了，我明白是怎么回事。”说着他摘下那副绿色眼镜，用袖口仔细地擦了擦镜片，然后把眼镜放进了口袋。

如果说那本会自动变书名的书刚才让甭甭有几分惊讶，那现在这副能自己观看的眼镜则使甭甭大吃了一惊。因为当他怀着强烈的好奇心抬眼想核实一下客人眼睛的颜色时，他发现它们既不是他所猜想的黑色，也不是他可能想象到的灰色；既不是褐色也不是蓝色；既不是黄色也不是红色，更不是紫色、白色或绿色；不是天空能呈现的任何颜色，不是地上能看到的任何颜色，也不是水下能发现的任何颜色。简而言之，甭甭不但清清楚楚地看到客人压根儿没有眼睛，而且也未能发现它们曾经存在过的任何迹象。我不得不说，在那本来应该长眼睛的地方，只有一块平平展展的皮肉。

克制自己不对如此奇异的一种现象追根究底，这不是这位形而上学家的天性，而客人也马上给予了既不失尊严又令人满意的答复。

“眼睛！我亲爱的甭甭，你是说眼睛？哦！呀！我明白了。是那些荒谬的书，嗯？那些流行的书使你对我的容貌留下了错误的印象。眼睛！！不错。皮埃尔·甭甭，眼睛好好的在它们应该在的地方，你会说该在头上？对，在一条肠虫的头上。这些眼睛对你来说也同样必不可少，不过我将使你信服，我的眼光比你的敏锐。那儿有一只猫，我看见它在墙角，一只漂亮的猫！你看看它！好好看！现在告诉我，甭甭，你是否看见了思想，我是说它的思想，那些正在它心里产生的想法和念头？这就是了！你看不见。它正以为我们在赞美它尾巴的长度和思想的深刻。它刚才断定，我是个最杰出的牧师，而你是个最多余的形而上学家。这下你明白我根本不是瞎子，只是对我所从事的一项职业，你所说的那种眼睛仅仅是一种累赘，任何时候都可能被一根烤叉或一柄草耙戳破。但我承认那种眼睛对你来说是必需的。尽力使用它们吧，甭甭，我的眼睛就是灵魂。”

客人说完这番话便自己动手倒桌上的酒喝，并为甭甭斟了满满一杯，还叫他随便喝，就当在自己家里一样。

“你这本书写得真不错，皮埃尔，”当甭甭遵照客人的吩咐喝干了那杯酒之后，来访者老练地拍着我们这位朋友的肩膀，重新提起了话头，“我以名誉担保，你这本书挺不错。这是一部令我称心如意的著作。不过我认为章节的安排还可以调整一下，你的许多见解都让我想起亚里士多德。那位哲学家是我最好的朋友之一。我就像喜欢他可怕的坏脾气一样喜欢他铸造错误的精湛技巧。在他的全部著作中只有一个颠扑不破的真理，而我为那个真理给予他提示纯粹是出于对他糊涂观念的同情。我想，皮埃尔·甭甭，你一定知道我所说的是哪一个神圣的真理。”

“不能说我……”

"完全正确！原来正是我告诉亚里士多德，人们通过打喷嚏从鼻孔排除多余的思想。"

"这……嗝……毫无疑问是事实。"这位形而上学家一边说一边为自己又斟了杯酒，然后把鼻烟盒递到客人手上。

"还有柏拉图，"客人恰如其分地谢绝了鼻烟盒及其暗示的恭维，"还有柏拉图，他是我以前最喜欢的朋友。你认识柏拉图吗，甭甭？哦，不，请务必恕我冒昧。有一天他在雅典碰见我，就在帕提侬神庙，他告诉我他正为一个概念而苦恼。我叫他写下 ο νους εςτιν αυλος 这句话。他说他会照办，说完就回家去了，而我则动身去金字塔。但我的良心谴责我说了真话，即便是为了帮助朋友。于是我匆匆赶回雅典，来到那位哲学家的椅子后面，当时他正在写'αυλος'这个词。我用手指头轻轻一弹，把字母 λ 颠倒过来。所以那句话现在还印作'ο νους εςτιν αυγος'[1]，而你知道，这正是他的形而上学的根本原理。"

"你去过罗马吗？"餐馆老板问，这时他已喝完第二瓶啤酒，并从碗柜里取出好几瓶香贝坦红葡萄酒。

"只去过一次，甭甭先生，一次。那是在——"魔

1 这两句希腊语的意思分别是"思想是无形的"和"思想是一道光"。

鬼仿佛是在背诵一本书里的某个章节，“那是在历时五年的无政府状态时期[1]，当时共和国失去了所有的官员，除了由平民推选的保民官，再没有任何地方行政长官，那些保民官并未从法律上被赋予任何行政权力。只在那个时候，甬甬先生，我只在那个时候去过罗马，所以我根本不熟悉罗马的哲学[2]。”

“你怎么看……嗝……你怎么看伊壁鸠鲁？”

“我怎么看谁？”魔鬼惊问道，“你不至于要找伊壁鸠鲁的茬儿吧！我怎么看伊壁鸠鲁！你是在说我，先生！我就是伊壁鸠鲁。我就是那位写下被第欧根尼·拉尔修所纪念的那 300 卷论著的哲学家。”

“撒谎！”形而上学家说，因为他此时已有了三分醉意。

“很好！很好，先生！的确很好，先生。”魔鬼显然感到荣幸。

“撒谎！”餐馆老板固执地重复道，“撒……嗝……撒谎！”

“好啦，好啦，随你怎么想吧！”魔鬼心平气和地说。

---

1 指马略（Marius）死后至苏拉（Sulla）独裁之前的五年，即公元前 86 年至公元前 82 年。

2 西塞罗、卢克莱修和塞涅卡都写哲学著作，但那不是希腊的哲学，而是罗马的哲学。

甭甭赢了这一场辩论，他认为自己有责任喝完第二瓶香贝坦红葡萄酒。

“如我所说，”来访者重提话头，“正如我刚才所说，你这本书里有一些非常奇特的见解。譬如，你那番关于灵魂的胡扯到底是什么意思？请告诉我，甭甭先生，何为灵魂？”

“灵……嗝……魂嘛，”形而上学家一边说一边查阅他的手稿，“毋庸置疑是……”

“不对，先生！”

“不容置疑是……”

“不对，先生！”

“不可置疑是……”

“不对，先生！”

“显而易见是……”

“不对，先生！”

“无可争辩是……”

“不对，先生！”

“嗝……”

“不对，先生！”

“那毫无疑问是一个……”

“不对，先生！灵魂不是那种东西。”（此时那位哲学家对客人怒目而视，并趁机当场喝干了第三瓶香贝坦红葡萄酒。)

“那么……嗝……请告诉我，先生……那……那到底是什么?”

“那既不是这儿也不是那儿，甭甭先生，”魔鬼若有所思地回答，“我已经品尝过。也就是说，我已经认识一些很坏的灵魂，也有一些……相当不错的灵魂。”他说到这儿咂了咂嘴巴，不知不觉地用手摁住口袋里那本书，狠狠地打了一个喷嚏。

他继续道：

“克拉提诺斯的灵魂，还算过得去；阿里斯托芬的，有独特风味；柏拉图，味道精美，不是你那个柏拉图，而是喜剧诗人柏拉图，你那个柏拉图说不定会倒刻耳柏洛斯的胃口——哈哈！接下来让我想想！还有奈维乌斯、安德罗尼库斯、普劳图斯和泰伦提乌斯。然后是卢齐利乌斯、卡图卢斯、纳索和昆提乌斯·弗拉库斯。亲爱的昆提！正如他为我唱歌取乐时我所称呼他一样，当时我正兴致勃勃地把他叉在一柄肉叉上烘烤。得给这些罗马人加点调料。一个肥胖的希腊人抵得上一打罗马人，而且希腊人可以保鲜，那些奎里忒斯人则不行。让我们来尝尝你的索泰尔纳白葡萄酒吧。”

这时甭甭早已拿定主意对任何事都保持镇静，他尽量按客人的要求摆出酒瓶。但他突然觉得屋里有一种像是在摇尾巴的奇怪声音。尽管这对客人相当失礼，可这位哲学家顾不上了，他毫不掩饰地踢了狗一脚，叫它保持肃静。客人继续说道：

“我发现贺拉斯尝起来很像是亚里士多德，你知道我喜欢不同的风味。我一直没法区分泰伦提乌斯和米南德。纳索真让我吃惊，他实际上是伪装的尼卡德。维吉尔很有一股忒奥克里托斯的味道。马尔提阿利斯总让我想到阿尔基洛科斯，而蒂图斯·李维乌斯其实就是波利比奥斯，不过如此。”

“嗝！”甭甭应答。客人继续：

“但若是我有个嗜好，甭甭先生，若是我有个嗜好，那就是哲学家。不过我告诉你，先生，并非每一个魔……我是说并非每一个绅士都懂得如何挑选哲学家。高个儿不好，要是剥得不小心，最棒的高个儿也会发臭，如果稍有擦伤的话。”

“剥！”

“我的意思是从尸体里取出来。”

“那你认为……嗝……认为医生怎么样？”

“别提医生！呸！呸！”魔鬼一阵激烈地干呕，“我只尝过一个医生，那个卑鄙的希波克拉底！有一股阿魏胶味。呸！呸！呸！我在冥河洗他时患了重感冒，他终究让我染上了霍乱。”

“这个……嗝……卑鄙小人！”甭甭骂道，“这个……嗝……药箱里掉出来的怪胎！”哲学家流下了一滴眼泪。

“毕竟，”客人继续说，“毕竟，假如一个魔……假如一位绅士想要活下去，他必须具有两份以上的才能；对我们来说，一张胖脸就是善于外交的证明。”

“为什么那样？”

“因为我们的给养常常都非常短缺。你肯定知道，在我们那种炎热的地方，要让一个灵魂活上两三个小时常常是不可能的；而灵魂一死，除非马上腌制（可腌制的灵魂并不好吃），就会……有味……你明白，嗯？所以当按常规程序向我们交付灵魂，我们通常焦虑的就是防腐问题。”

“嗝……嗝……我的上帝！那你们怎么处理？”

这时头顶上那盏铁灯开始更剧烈地摇晃，那魔鬼惊得几乎跳离座位；但随着一声轻轻的叹息，他又恢复了镇静，只是低声对我们的主人公说：“我告诉你，皮埃尔·甭甭，我们千万不能再用上帝这个字眼来诅咒。”

主人又喝下一满杯葡萄酒，以此来表示他充分的理解和完全的默许。客人继续道：

“实际上有好几种处理方法。我们中的大多数忍饥挨饿，有一些则靠腌制品充饥，至于我嘛，我购买活在肉体中的灵魂，我发现这样能充分保鲜。”

“可那肉体！嗝！……那肉体！！！”

“肉体，肉体，嘿，肉体怎么啦？哦！呀！我明白了，告诉你，先生，这种买卖对肉体毫无影响。我已经做过无数次那样的买卖，卖方从未感到过任何不便。那些人中有该隐，有宁录，有尼禄，有卡里克拉，有狄奥尼修，有庇西特拉图，还有……还有许多其他人，他们都绝不知道在他们的后半生有一个灵魂是怎么回事；可是，先生，这些人都曾为社会增光添彩。那现在为什么不能有你我都知道的A先生呢？他难道不依然心智健全，体格无恙？他现在写的讽刺诗难道不更尖刻？他现在的推理演绎难道不更机敏？他……但我们先不说这个！我皮夹子里有他的契约。”

他说着掏出一个红色的皮夹，从里边抽出一沓票据。甭甭晃眼瞥见一些票据上有马基、马萨、罗伯斯庇等字样，还有卡里古拉、乔治、伊丽莎白等名字。魔鬼从那沓票据中挑出一张窄窄的羊皮纸，高声读道：

“考虑到某项不必说明的精神基金，并作为1000金路易的报偿，现年一岁零一个月的我，谨将我被称作灵魂的影子所具有的权利、称号及其附属物转让给本契约持有者。（签名）A……”（当时魔鬼反复提到一个名字，不过我觉得我没有正当理由不把它说得更含糊其词。）

“一个聪明的家伙，”魔鬼说，“但他和你一样，甭甭先生，弄错了什么是灵魂。说灵魂是影子！灵魂是影子！哈！哈！哈！嘿！嘿！嘿！嘻！嘻！嘻！只消想想一份烩影子！”

“只消想想……嗝……一份烩影子！”我们的主人公大声重复道，他的才智因魔鬼的深奥而受到了启发。“只消想想一份……嗝……烩影子！！真是的，呸！嗝……哼！如果我是那样一个……嗝……笨蛋就好啦！我的灵魂，先生……哼！”

“你的灵魂，甭甭先生？”

“对，先生……嗝……我的灵魂就……”

“就怎么样，先生？”

“不是影子，呸！”

“你的意思是说——”

“对，先生，我的灵魂就……嗝……哼……是的，先生。”

“你该不会是想说……”

“我的灵魂……嗝……尤其适合……嗝……适合做……”

“什么，先生？”

“清炖肉。”

“哈！”

“蛋奶酥。”

“是吗？”

“煎肉丁。”

“这不假！”

“荤杂烩和烤肉块，看看吧，我的好伙计！我可以把它卖给你……嗝……出个价吧。”那哲学家说到这儿拍了拍魔鬼的背。

“我简直没想到这种事。”魔鬼一边平静地说，一边从座位上站起身来。那位形而上学家两眼盯着他。

“我现在给养充足。”魔鬼说。

“嗝……嗯？”

“手头又没有现金。”

“什么？”

“再说，我不想这么没有礼貌地……”

“先生！”

“趁人之危……”

“嗝！”

“利用你眼下斯文扫地、令人作呕的处境。”

那位来访者说到这儿便鞠躬退出，以一种很难准确描写的风度，但以一个非常协调的动作朝“那个家伙”扔过去一个酒瓶，从天花板上垂下的那根细链被打断，那位形而上学家被掉下的铁灯盏砸翻。

钟楼魔影

现在几点了？

——谚语

一般说来，每个人都知道世界上最美的地方就是（唉，或者说曾是）那个名叫冯德尔沃特米提斯的荷兰小镇。然而，由于那镇子远离大道，多少显得有点儿偏僻，所以我的读者中也许很少有人去过那地方。因此，替没去过那地方的读者着想，我理所当然应该把那个小镇介绍一番。实际上更有必要的是，由于我希望唤起公众对该镇居民的同情，我打算在此把最近刚刚发生在那里的不幸事件之来龙去脉告诉大家。凡了解我的人都不会怀疑，对于这项我自告奋勇承担起来的义务，我将以一种公正无私、实事求是并一丝不苟的精神，不遗余力地去加以履行，而这种精神在任何时候都能使想获取历史学家头衔的人出人头地。

借助于一些徽章、手稿和铭刻，我能肯定地说，冯德尔沃特米提斯镇从它开始存在的那一天起就一成不变地保持着它今天这副模样。但关于它最初存在的日期，悲哀的是我只能借用数学家在处理某个代数公式时往往不得不容忍的那种模糊定义来加以阐述。请允许我这样说，那个古老而悠远的日期不可能迟于任何有文献记载的年代。

论及冯德尔沃特米提斯这个镇名的来历，我遗憾地承认，我也同样感到棘手。在对这个微妙问题的众多见解之中，有的深刻，有的博学，有的则完全相反，从中我没法挑出令人满意的定论。也许，几乎与饱食饼先生的观点不谋而合的痛饮酒先生的看法应该被谨慎地推荐给读者。其看法是："冯德尔沃特米提斯（Vondervotteimittis）的前半截 Vonder 来自德语的 Donder（雷霆）；后半截 votteimittis 可追溯到德语的 Blitzen（闪电）。"[1] 说实话，这个来历今天依然可以从该镇镇议会厅尖塔顶端明显的被雷电击过的痕迹中找到根据。但是，我不想在一个如此重要的论题下随意表态，我必须请想知其究竟的读者去查阅蠢货先生所著的《东猜西测演说录》，再读读谬误先生所著、时髦话及无密码公司出版、用红与黑字体印刷的对开本哥特体印刷版本《词源》一书中的 27 页到 5010 页；读时请参阅

1　德语"Donder und Blitzen!"是句粗话，意思是"该死！"或"真见鬼了！"。

废话连篇教授亲笔所书的眉批和牢骚满腹博士所加的附注。

虽说冯德尔沃特米提斯镇的建镇日期和镇名来源仍然被浓烟迷雾所笼罩，但正如我前文所说，毋庸置疑的是这个镇子从它存在以来就一直像我们今天发现它时的这副样子。镇上最老的人也记不得该镇的任何部分有过丝毫变化，实际上连对变化之可能性的任何暗示在该镇都被视为一种侮辱。小镇坐落在一个周长为四分之一英里的圆形山谷里，四周被并不陡峭的小山环绕，镇上的人从不曾翻越过那些小山。对这一点他们振振有词，那就是他们不相信山那边会有任何东西存在。

绕谷底周边（谷底十分平坦，并铺满了花砖）一幢连一幢地排着 60 幢小房子。这些房子都背靠小山，当然也肯定是面朝平原的中央，那平原的中央距每座房子的前门都是 60 码。每座房子前边都有一个小花园，花园里都有一条环形小径、一个日晷和 24 棵白菜。那一幢幢房子全都一模一样，人们无论如何也看不出它们有什么差别。由于年代久远，房子的建筑风格多少有几分古怪，但小镇并不因此而减少它的诗情画意。那些房子用烧制得十分坚硬的两头黑中间红的小砖块砌成，所以那一面面墙看上去就像一张张巨大的象棋棋盘。三角墙是房子的正面，在屋檐和正门的上方都有与其他房子一般大小的檐板。窗户又窄又深，有非常小的窗格子和许多上下开关的窗框。房顶上数不清的瓦片都有长长的波状耳形饰边。房子的木制部分全是黑色，上面雕刻不少，但图案变化不多；因为自古以来冯德尔沃特米提斯的雕刻师就只能刻两种东西：一种是时钟，另一种是白菜。不过他们把这两种东西雕刻得美妙绝伦，由于他们独有的技巧，凡是凿刀下得去的地方都被他们刻上了时钟和白菜。

房子室内的情况与其外观完全一样，所有的家具都是同一种样式。地上铺着方砖，桌椅用黑木头做成，有又细又弯的腿和狗形柱脚。壁炉上方的架子又宽又高，不仅正面刻满了时钟和白菜，而且架顶正中还有一个发出响亮嘀嗒声的真正的时钟，时钟左右两边的架端各有一个花瓶，花瓶里各插着一棵白菜。而在两端花瓶与中间时钟之间，又各自有一个小瓷人，瓷人有个大肚子，肚子上有个大圆孔，透过圆孔可看见一只表的表面。

壁炉都又大又深，炉膛里有弯曲得令人害怕的薪架。壁炉里永远烧着旺旺的火，火上永远有一口大锅，锅中永远满装着猪肉和白菜，而女主人也永远忙着在锅边照料。她通常会是一位又小又胖的夫人，有蓝蓝的眼睛和红红的脸庞，戴一顶像棒糖一样的巨大帽子，帽子饰有紫色和黄色的丝带。她的衣服会是橘黄色并且是棉毛混织，后边很长而腰间很短，其实除了后边其余各边都短，从不长过膝盖。她的腿多少有点粗，脚脖子也一样，但她总会有一双漂亮的绿色长袜遮住双腿。她的鞋是粉红色皮革，鞋带是一束黄色丝带，丝带系成一棵白菜的式样。她的左手腕上有一只体积虽小但分量很重的荷兰表，右手则总是挥着一柄搅猪肉白菜的勺子。她的身边会蹲着一只肥胖的花猫，猫尾巴上会系着一只镀金玩具自鸣表，自鸣表是因为“孩子们”淘气而系上的。

每家的三个小男孩都在花园里伴着猪。孩子们的身高都是两英尺。他们戴的是三角卷边帽，穿的是垂及大腿的紫色小背心、鹿皮短裤、红色羊毛长袜、带有大银扣的笨重的鞋和长长的大礼服型大衣，大衣上有用珍珠母做的大纽扣。每个孩子口中都叼着一个烟斗，右手也都戴着一块虽小但笨的手表。他们抽一口烟看一眼表，看一眼表抽一口烟。那头又肥又懒的猪一会儿忙着掘散落在地上的白菜叶，一会儿踢一下尾巴上的镀金自鸣表，自鸣表也是那些淘气鬼系上的，为了让猪看起来和猫一样漂亮。

每座房子的大门口都有一把高背皮垫扶手椅，扶手椅和室内的桌子一样有弯弯的腿和狗形脚，椅子上坐的就是房子的主人。他是一个肥头大耳的小个子老绅士，有一双又大又圆的眼睛和一副巨大的双下巴。他的穿着和孩子们差不多，所以我不必做进一步的介绍。所有的不同之处就在于他的烟斗比孩子们的大一些，因而他能吐出更大的烟团。和孩子们一样，他也有块表，但他总是把表放在口袋里。说实话，他有比表更重要的东西要留意，那东西是什么我马上就告诉大家。他坐在那儿把右腿放在左膝上，总是面带庄重的神情用一只眼睛，至少用一只眼睛，不屈不挠地凝视着平原中央一个引人注目的物体。

那个物体位于镇议会厅的尖塔上。镇议会议员都是些矮小、肥胖、油滑而聪明的老人，都有盘子般圆的眼睛和臃肿的双下巴，他们的大衣比普通镇民的长得多，他们的鞋扣也比普通镇民的大得多。自我寄居该镇以来，他们已召开了好几次特别会议，并做出了三个重要的决定：

一、改变旧有的好习惯是错误的。

二、冯德尔沃特米提斯镇以外没有好东西。

三、我们将忠于我们的时钟和白菜。

镇议会厅会议室上方就是那座尖塔，尖塔上就是那个钟楼，钟楼上存放着（而且自古以来就存放着）

冯德尔沃特米提斯镇的骄傲与珍宝，一个巨大的钟。坐在高背皮垫扶手椅上的那些老绅士的眼睛所注视的就是这个大钟。

大钟有七个钟面，每个钟面在尖塔的一方，以便人们从任何方向都能轻易看到。它巨大的钟面是白色的，笨重的指针是黑色的。钟楼上有位守钟人，他唯一的任务就是照料那个钟；不过这是份最最轻松的闲差，因为据人们所知，冯德尔沃特米提斯的大钟从来没出过什么差错。直到不久前，任何假定钟会出差错的想法都会被视为异端邪说。从文献所能追溯的最遥远的古代开始，该镇的钟点就一直由一个大钟准确无误地报出。实际上该镇其他所有的钟表也同样走时准确。这世上再没有第二个地方保持着那么精确的时间。当那个巨大的钟舌认为该说“12点”，它顺从的伙计们便都同时张开喉咙，一起发出回应的响声。总而言之，善良的镇民们热爱他们的白菜，但他们为他们的钟感到自豪。

凡是担任闲差的人都不同程度地受人尊敬，而冯德尔沃特米提斯的守钟人差事最闲，所以他是这世界上最受尊敬的人。在那个小镇就数他最高贵，每一头猪都怀着一种敬畏的心情仰望他。他燕尾服的燕尾比别人的长得多，而且他的烟斗、他的鞋扣、他的眼睛和他的肚子都比该镇其他任何一位老绅士的大得多。至于他的下巴，那岂止是双重，简直就是三重。

这样我就描绘出了冯德尔沃特米提斯那幅其乐融融的景象。唉，如此美丽的一幅图画竟然会毁于一旦。

在镇上最聪明的人当中一直流传着一句格言，那就是“山外不可能来福”，这话似乎果真含有预言的意味。前天差五分钟到正午的时候，东边山梁上出现了一个看上去非常古怪的身影。这一事件理所当然地吸引了全镇的注意力，每一位坐在高背皮垫扶手椅中的小个子老绅士都惊恐地把一只眼睛转向了这一现象，另一只眼睛仍目不转睛地盯着尖塔上的大钟。

在差三分钟到正午的时候，人们已经看出那个古怪的身影是一位个子很小的外国青年。他以相当惊人的速度下山，所以人们很快就把他看得清清楚楚。他真是一位在冯德尔沃特米提斯镇所见过的最讲究的小个子。他的脸是深褐色，脸上有一个长长的钩鼻、一双豌豆眼、一张大嘴巴和一排很漂亮的牙齿，对于后者，他似乎总急于炫耀，因为他一直咧开那张从左耳到右耳的大嘴。他的胡须用不着多描述，总之是密匝匝地盖住了那张脸。他头上没戴帽子，头发用卷发纸修饰得非常整洁。他穿着一件合身的黑色燕尾服（从燕尾服的一个口袋里露出一长截白色手绢）、一条黑色的克什米尔羊毛短裤、一双黑色长袜和一双看起来很笨重的轻便舞鞋，鞋上有用一大束黑色缎带系成的蝴蝶结。他的一个腋下夹着一顶巨大的三角折帽，另一个腋下夹着一把几乎比他的身体大五倍的提琴。他的左手握着一个金鼻烟盒，当他抄着各种异想天开的捷径蹦着跳着下山之时，他以一种最舒服最惬意的神情不断地享用着那金烟盒里的鼻烟。天哪！冯德尔沃特米提斯诚实的镇民们这下有好看的了！

坦率地说，尽管那家伙一直咧着嘴笑，但他有一张厚颜无耻且阴险邪恶的脸；当他蹦蹦跳跳进入小镇之时，他那双轻便舞鞋的笨拙模样引起了不少的猜疑，那天看见过他的镇民肯定都给过他少许钱，以便撩起从他燕尾服口袋那么莽撞地垂下的白麻纱手绢看上一眼。但那个下流而自负的家伙之所以激起全镇民众的公愤，主要还因为他无论跳斗牛士舞步还是跳旋风式舞步，都似乎没有一丝一毫的念头要把步子踩在时间的点子上。

然而如我所说，当时只差半分钟就要到正午，所以当那个无赖蹦蹦跳跳地跳进镇子时，善良的镇民们几乎不可能有机会把眼光都集中到他身上；那家伙一会儿跳快滑步，一会儿跳摇摆步，一会儿跳旋转步，一会儿跳和风步，最后他以鸽子展翅舞步一下子跳上了镇议会厅上的钟楼，当时惊讶不已的守钟人正威严而沮丧地坐在钟楼上抽烟。但那个小无赖一把抓住他的鼻子，使劲一扭，然后一拉，接着用那顶巨大的三角折帽敲他的脑袋，劈头盖脸给他一阵猛抽；最后他抡起那把大提琴结结实实给了他一顿痛打，结果是你若看见守钟人身上那股胖劲儿，看见提琴那副凹陷的模样，你一定会发誓说曾有一大群提琴推销员在冯德尔沃特米提斯尖塔的钟楼上大打出手。

要不是只差一秒钟就到正午，真不知这种蛮横无理的殴打会激起镇民们何等强烈的报复。那口大钟就要敲响，此刻明显而绝对必要的是每个人都应该看好自己的表。但显而易见，就在那一秒钟内，钟楼上那个家伙对钟做了他无权做的手脚。可是大钟这时候已经敲响，人们无暇注意到他的花招，因为他们都必须去数钟报的钟点。

“一！”钟说。

“幺！”冯德尔沃特米提斯镇的每一把高背皮垫扶手椅上的每一位小个子老绅士回应道。“幺！”他的表也说。“幺！”他妻子的表说。“幺！”孩子们的表和系在猫与猪尾巴上的镀金自鸣表说。

“二！”大钟继续说。

“两！”回应者重复。

“三！四！五！六！七！八！九！十！”钟说。

“三！四！五！六！拐！八！勾！洞！”其余者同声回答。

“十一！”大钟说。

“幺幺！”小家伙们附和。

“十二！”钟说。

“幺两！”回应者心满意足地拖长了声音。

“现在幺两点！”所有的小个子老绅士说，收起他们的表。但那大钟并没有完。

“十三！”它说。

“幺仨！”所有的小个子老绅士都突然脸色发白，透不过气来，烟斗从口中掉出，右腿从左膝上滑下。

“幺仨！”他们呻吟着说，“幺仨！幺仨！我的天哪，现在，现在是幺仨点！”

干吗要试图去描绘那番可怕的情景？整个冯德尔沃特米提斯镇骤然间陷入了一阵可悲可叹的喧骚鼓噪。

“我的猪是怎么啦？”所有的孩子咆哮道，“这时间真让我生气！”

“我的白菜是怎么啦？”所有的妻子都尖声嚷道，“这个时候它们都变成破布片了！”

“我这斗烟丝是怎么啦？”所有小个子老绅士都诅咒道，“真见鬼！才这个时候就已经燃完了！”于是他们都愤愤然地重新填满烟斗，颓丧地坐回扶手倚，开始拼命地抽烟。他们抽得那么猛，以至于整个山谷顷刻之间就充满了浓烟。

与此同时，所有的白菜都变红了脸，而且那个魔鬼似乎缠住了每一样像钟的东西。刻在家具上的那些钟仿佛中了邪似的开始跳舞，而摆在壁炉架上的那些钟也压抑不住满腔的愤怒，钟摆不住地摇晃扭动，无休无止地报着 13 点，其情景真令人可怕。但最可怕的是，无论是猫还是猪都不能再容忍系在它们尾巴上的镀金自鸣表，并对这种行为表示出愤慨，它们四处乱窜，东抓西刨，又嘶又呜，又嚎又叫，忽而扑向人脸，忽而钻进裙裤，折腾出一番凡理智健全者都可能想象得出的最可恶的骚乱。为了把事情弄得更糟，钟楼上那个小无赖显然把吃奶的劲儿都使上了。人们不时可透过浓烟瞥见那个恶棍。他就坐在平躺着的守钟人身上，用牙齿咬住钟索，不停地晃动脑袋，制造出我现在想起来耳朵都会嗡嗡作响的巨大声音。他的膝上靠着那把大提琴，他正既无节奏又没有音调地乱拉一气，那白痴！正大出洋相地装着在演奏《朱迪·奥弗兰娜根和帕迪·奥拉弗尔蒂》[1]。

情况就是这样惨不忍睹，我厌恶地离开了那个地方。现在，我向所有热爱正确时间和美好白菜的人们请求援助。让我们团结起来向冯德尔沃特米提斯进军，撵走尖塔上那个无赖，恢复那个小镇古老的秩序。

1 《朱迪·奥弗兰娜根》(*Judy O'Flanagan*)和《帕迪·奥拉弗尔蒂》(*Paddy O'Rafferty*)是两首爱尔兰民谣，前者歌词见于爱尔兰诗人托马斯·穆尔的《爱尔兰歌谣集》，后者则曾由贝多芬谱曲(作品224号)。爱伦·坡在此处将两者合二为一。

德洛梅勒特公爵

一步便跨入了一个更冷的地方。

——威廉·柯珀《任务》

济慈因一则批评而死。谁因《安德洛玛刻》而亡呢？[1] 卑鄙的灵魂哟！德洛梅勒特死于一只雪鹀。故事就这么简单。救救我，阿皮西斯[2]之灵！

一个黄金鸟笼把那个可爱的、迷人的、庸懒的、有翅膀的小流浪者从它遥远的故乡秘鲁带到了当丹路。那个帝国的六名贵族把这只快活的鸟从它原来那位女王般的拥有者拉贝丽西玛那里送到了德洛梅勒特公爵府上。

那天晚上公爵准备单独用餐。他懒洋洋地躺在书房——他的个人小天地——的褥榻上。那是他不惜牺

1 法国作家加布里埃尔·盖雷（Gabriel Guéret）在其小说《改革的帕尔纳斯》（*Le Parnasse Réformé*，1669）中让主人公蒙特福勒利在冥国这样说："不管谁想知道我为何而亡，都别让他问我是否死于热病、浮肿或痛风；让他知道我是死于拉辛的《安德洛玛刻》。"

2 即马库斯·加维斯·阿皮西斯，罗马一饕餮之徒，因吃光家产而自杀身亡。

牲其忠诚花高价从君王那里争来的褥榻，一张众人皆知的卡迪特褥榻。

他把脸埋在枕头中。时钟敲响！未能抑制住自己的感情，公爵大人吞下一枚橄榄。这时门轻轻打开，门外传来柔和的音乐。瞧！最鲜美的鸟呈现在最入迷的人眼前！可此刻，一种说不出的沮丧使公爵的脸蒙上了阴影。“见鬼，巴蒂斯特！你这条狗！这只鸟！天哪！这么漂亮的鸟，竟被你拔光羽毛赤裸裸地端上来！”再说就多余了——公爵在一阵突如其来的厌恶中气绝身亡。

“哈！哈！哈！”公爵大人在死后第三天开了口。

“咳！咳！咳！”魔王撒旦停住脚步，以一种傲慢的神情哼哼答话。

“当然，你肯定不是当真。”德洛梅勒特回应说，“我犯了罪，这不假。不过，我仁慈的阁下，你想想！你未必真要把……把那……野蛮的恐吓付诸实施。”

“未必什么？”魔王道，“动手吧，先生，脱！”

“你真要我脱！真非脱不可！不，阁下，我不会脱。你是谁，请问？而我，德洛梅勒特公爵，福瓦格拉斯亲王，刚到法定年龄，《玛祖卡德》之作者，法兰西研究院院士，竟然会遵照你的命令脱掉我这由布尔冬亲手剪裁的最精美的裤子，脱掉我这件由隆伯尔亲手缝制的最雅致的睡衣，更不用说要无缘无故地剥掉我的头皮，而不言及我将不怕费事与你较真一番？”

“我是谁？哟，问得好！我乃邪恶之神，众魔之王。我刚才从一口镶着象牙的花梨木棺里把你抓来。你当时怪香的，贴着标签等待搬运。是我的墓地督察把你送来的。你所说的这条由布尔冬剪裁的裤子是一条挺棒的亚麻衬裤，而你的睡衣是一块够尺寸的裹尸布。”

“阁下！”公爵答道，“我不会忍气吞声地忍受侮辱！阁下！我一有机会就将报仇雪耻！阁下！你就等着瞧吧！现在再会！”公爵正欲退出，魔王的一名侍从将他拦住并带回。于是，公爵大人揉了揉眼睛，打了个哈欠，耸了耸肩，定了定神。满足于自己验明了身份，他开始打量周围的环境。

这房间很华丽。连德洛梅勒特也认为它的确不错。这不是指其长度或者宽度，而是指它的高度。啊，真令人惊叹！这房间没天花板，肯定没有，只有一团浓密的、旋转的、火红的云。公爵大人抬眼仰望时只感到一阵头晕。从云端垂下一根不知用什么金属铸成的血红色的链子，链子的上端不知在何处，就像波士顿城隐在了云中。链子下端悬着一个巨大的灯盏。公爵知道那是一块红宝石，一块波斯人绝没有崇拜过的红宝石，一块拜火教徒绝没有想象过的红宝石，一块穆斯林教徒吸足了鸦片，蹒跚走到罂粟地，背枕着罂粟花，脸朝着阿波罗也绝没有梦见过的红宝石。公爵嘀咕着骂了一声，明显地表露出赞许。

房间的四周有四个圆形壁龛，三个壁龛里各放置着一尊巨大的雕像。它们的美是希腊式的，它们的丑是埃及式的，它们的整体效果是法国式的。第四个壁龛里的雕像不大，蒙着面纱。但那儿还有一块锥形踝骨，一只穿着芒鞋的脚。德洛梅勒特将手压在胸口，闭上眼睛，然后睁开，他看见了魔王，在一片红色中。

可还有这些画！塞浦里斯！阿斯塔耳忒！阿斯托瑞斯！上千幅这样的画！拉斐尔肯定见过它们！对，拉斐尔肯定来过这里；因为他难道没有画过？他难道没因此而受到指责？这些画！这些画！哦，奢侈的画！哦，漂亮的画！注视着这些遭禁的美人图，谁还会去注意那些像星星一样散布在堇色斑岩墙上的金画框的精巧设计呢？

但公爵此时一阵心悸。不过，他并非如你所想是被那壮观豪华弄得头昏眼花，也不是因为无数香炉发出的迷人香气而心醉神迷。他的确是留心到了这一切，但是，德洛梅勒特公爵正胆战心惊；因为透过一扇没挂窗帘的窗户所呈现的阴惨景象，他看见了所有火焰中最可怕的火焰。

可怜的公爵！他禁不住去想象，充溢那厅堂的富丽堂皇、骄奢淫逸和缭绕不绝的美妙音乐，经过这有魔力的窗格子练金术般的过滤和变形，便是下地狱者绝望的悲鸣哀号！还有那儿！那儿！在那张褥榻上！他会是谁？他，小主人，不，上帝！谁像尊大理石雕像般坐在那儿，脸色苍白，痛苦地微笑？

但必须采取行动，这就是说，一个法国人绝不会完全丧失勇气。再说，公爵大人痛恨争吵。德洛梅勒特又恢复了镇静。一张桌上有几柄圆头剑，也有几柄尖头剑。公爵曾在 B 先生的指导下练过剑术，杀死过六名对手。那就看现在了。他还有机会逃生。他挑了两柄尖头剑，然后以一种无与伦比的优雅让魔王从中选一柄。见鬼！魔王不懂剑术！

但他会玩牌！多妙的念头！不过公爵大人历来记忆力强。他曾浏览过阿贝·加勒蒂耶的《魔王》一书。书中说“魔王从不拒绝玩牌”。

但运气！运气！这可是真正的孤注一掷：不过公爵还没真正绝望。再说，他难道不知玩牌的诀窍？他难道没读过《勒布伦老头》？他难道不是 21 点扑克牌俱乐部的成员？“如果我输了，”他说，“我只是加倍地输。我只会加倍地下地狱。就这么回事！（说到这儿公爵大人耸了耸肩）但如果我赢了，我将回去吃我的雪鸡。洗牌吧！”

公爵大人小心翼翼，全神贯注。魔王陛下则信心十足。旁观者也许会联想到弗朗西斯和夏尔。公爵大人盘算着输赢。魔王陛下则无所用心。他洗好牌。公爵切牌。

发牌完毕。王牌翻开。那是——那是老K！不，那是一张王后。魔王陛下诅咒她那身男装。德洛梅勒特将手摁在胸前。

牌局继续。公爵凝神细算。一手牌结束。魔王疏于盘算，微笑着喝葡萄酒。公爵趁机偷了一张牌。

“这下该你了。”魔王一边切牌一边说。公爵点点头，发完牌，从桌边站起身，亮出那张偷来的老K。

魔王懊悔不已。

如果亚历山大不是亚历山大，他会是第欧根尼。[1]公爵一边离去一边宽他对手的心，“如果他不是德洛梅勒特，他就不反对魔王的存在。”

1　相传第欧根尼不去拜见亚历山大大帝，后者便礼贤下士去见这位犬儒主义哲学家，问：“第欧根尼，我能帮你忙吗？”后者回答：“能，别挡住我的阳光。”亚历山大一阵沉默后说：“假如我不是亚历山大，我一定做第欧根尼。”

瘟疫王

神祇们能容许国王放火，

但他们却厌恶平民点灯。

——巴克赫斯特《费里克斯和波里克斯的悲剧》[1]

在爱德华三世当政的骑士年代，在一个十月之夜的12点光景，一条来往于斯勒伊斯[2]和泰晤士河之间的名为“自由自在号”的商船正停泊在泰晤士河畔，船上的两名水手非常惊奇地发现他们坐在了伦敦圣安德鲁斯教区的一家酒馆里。这家酒馆以一幅“快乐水手”的画像作为招牌。

那顶篷低矮的酒馆里虽说乌烟瘴气，一塌糊涂，在哪个方面都符合那个年代那种地方的共同特征，但在酒馆里那些三五成群、奇形怪状的顾客眼中，这已

1 巴克赫斯特（男爵）即英国诗人、剧作家萨克维尔（Thomas Sackville，1536—1608），《费里克斯和波里克斯的悲剧》是他与托马斯·诺顿合著的无韵体诗剧，又名《戈尔伯德克的悲剧》。

2 荷兰西南部港口城镇。

经足以使他们称心如意了。

我想，在那些三五成群的顾客中，我们这两位水手若不是最出众的一群，也应该算是最有趣的一对。

那位看上去年岁稍长、被他的伙伴形象地叫作“勒格斯”[1]的水手在两人之中个子也更高些。他身高应该是6英尺半，老是耷拉着的肩膀似乎就是他个子太高之必然结果。然而，他其他方面之不足更说明了他身高之多余。他出奇地瘦，正如他船上的伙伴们断言，他喝醉时可当桅梢的短索，清醒时能作第二斜桅。但诸如此类的俏皮话显然在任何时候都不会作用于这名水手的笑神经。他有一副高高的颧骨、一个很大的鹰钩鼻，有深陷的腮帮、往下坠的下巴和一双巨大而凸出的浅色眼睛。他脸上虽说固执地带有一种对一般事都满不在乎的神情，但并非不是一张难以想象、无法形容的一本正经的脸庞。

那位年轻一点的水手在外貌上则与他的同伴完全相反。他的身高不会超过4英尺。两条粗短的弯腿支撑着他那矮胖臃肿的身体，而他那短得出奇、粗得连末端的手掌都不成形的胳膊则像海龟的脚掌垂吊在他身躯两侧。一对说不出什么颜色的小眼睛深深地嵌入

---

1 英文勒格斯（Legs）意为腿。

他的面部。他的鼻子也深深地埋在那堆裹住他那张又圆又胖的酱紫色脸的肥肉之中。他厚厚的上嘴唇自鸣得意地躺在比它更厚的下嘴唇上，主人不时要舐舐它们的习惯使它显得更为突出。他显然是怀着一种一半惊讶一半困惑的感情看待他那位高个儿伙伴；当他偶尔仰望他同伴那张脸时，就犹如圆圆的落日在仰望尼维斯山峰高高的巉岩。

然而，在那天晚上的前几个小时，这令人尊敬的一对已经在附近一些酒馆有过一番丰富多彩的经历。阔佬们也有囊中羞涩的时候，此刻，我们这对朋友就带着空空如也的钱囊冒险坐在那家酒馆内。

就在这个故事开始之时，勒格斯和他的同伴休·塔波林正坐在那家酒馆的店堂中央，各自把双肘撑在大橡木桌上，都用一只手托着腮帮。他们正从桌上那一大瓶虽未付账但已在“冒泡的填充剂”后面凝视几个不祥的字眼“没有粉笔”，而令他们又惊又怒的是，赫然写在大门上方的那几个字正是用说没有的那种矿物质写的[1]。秉公而论，这并非指控这两位大海的门徒具有辨字识文的才能，在那个时代的平民百姓心目中，辨

---

1 此处“没有粉笔”的原文是“No Chalk”。英文 Chalk 的意思是“白垩”“粉笔”，昔时旅店酒肆把客人的赊账用粉笔记录在小黑板上，故 No Chalk 意思是 “概不赊账”，但爱伦·坡让两位初识文字的水手将其理解为 “没有粉笔”。

字识文之玄妙几乎不亚于写诗作文。实话实说，那几个字写得歪歪扭扭，就像船在风浪中东倒西歪，在那两个水手看来，这预示着一场暴风雨即将来临。于是他俩马上做出了决定，用勒格斯自己的话来说就是“抽干底水，扯满船帆，顺风疾驶”。

对剩下的啤酒进行了适当的处理，穿好了紧身上衣，他俩终于朝街上逃去。尽管偏偏倒倒的塔波林两次误将壁炉当成大门，但他们毕竟成功地逃出了酒馆。12 点半光景，我们的主人公发现大祸将临头，便顺着一条阴暗的胡同朝圣安德鲁斯码头方向匆匆逃命，而“快乐水手”酒馆的老板娘则在他俩身后紧追不舍。

在这个故事发生之前后的许多年里，整个英格兰一直周期性地回荡着“黑死病”这个可怕的声音，而首都的情形则更为凄凉。这座城市的人口锐减——在那些瘟疫最猖獗的城区，在泰晤士河的两岸附近，在那些被认为是病魔诞生之地的又窄又暗的肮脏的小巷胡同，只剩下恐怖、畏葸和迷信在蔓延盛行。

根据国王的谕旨，这些凄凉荒僻的地区统统被封闭，任何人不得私自入内，违者一律格杀勿论。但无论是君王的禁令和竖在街口的栅栏，还是那使一般亡命之徒都闻风丧胆的令人恶心的死亡，都未能阻止那些没有家具也无人居住的寓所遭到劫掠，诸如铜、铁、铅制品等凡是能变卖成钱的东西都在夜间被盗得精光。

尤其是在每年冬天打开那些栅栏时，人们常常发现锁、栓和秘密地窖都不足以保护那些大量贮藏的各种酒，这些酒是许多商人外出避灾前考虑到搬运的麻烦和危险而托交邻居贮存保管的。

但是，被吓破胆的市民们很少有人把这些偷窃归因于世人所为。瘟神、病魔、疫精便成了公认的罪魁祸首，这种令人毛骨悚然的故事不胫而走，以至整个禁区终被死亡的恐怖笼罩，连那些自己创造了这种恐怖的劫掠者最后也被吓得望而却步，把整个空旷的禁区完全留给了凄凉、沉寂、瘟疫和死亡。

就是在一道刚才所提到的、表明前方就是瘟疫禁区的可怕的栅栏前，慌不择路地顺着一条胡同逃过来的勒格斯和可敬的休·塔波林突然发现他们的逃路受阻。回头已不可能，必须当机立断，因为他们的追赶者就在身后。对训练有素的水手来说，翻越那匆匆架设的木栅栏本来就不在话下，加之酒精和奔逃的双重刺激已使这两名水手近乎于疯狂，于是他俩毫不犹豫地跳进了禁区，并高声大笑大嚷着磕磕绊绊地继续往前行走，但很快就为四周的阵阵恶臭和扑朔迷离而感到惊讶。

说实话，若不是他俩早已醉得不知天高地厚，周围的那番凄凉恐怖肯定早就让他们趔趄的脚步瘫痪了。禁区里空气冷清而迷蒙。铺路石早已松动，横七竖八地躺在四处蔓延、没过脚踝的荒草丛中。坍塌的房屋阻塞了街道。到处都弥漫着一种令人恶心的腐臭。凭借那即使在半夜也能透过雾蒙蒙、臭烘烘的空气照射下来的惨白的月光，依稀可见街两旁小巷角落或是没有了窗户的住宅中到处都是那些在为非作歹之时被黑死病之手当场捉住的夜盗者的尸体。

但这一切都没有引起两位水手的激动和联想，也未能阻止他们前行的步伐。他们天生就勇敢，尤其当时又充满了“冒泡的填充剂”带给他们的勇气；他们居然能在那种状态下尽可能笔直地趔趄而行，毫不畏惧地走向死神张开的大口。前进，坚韧不拨的勒格斯仍在蹒跚着前进，并让那片荒凉肃穆回响起他的笑嚷声，犹如印第安人可怕的战斗呐喊；前进，又矮又胖的塔波林仍在踉跄着前进，他虽然拽着那位更为敏捷的同伴的衣角，但在声乐方面却远远超过了同伴声嘶力竭的表演，从他能发出洪亮声音的肺部深处，发出一种牛吼般的男低音。

他们此刻显然已进入瘟疫的大本营。随着他们每前行一步或每磕绊一次，那街道都变得更加臭气熏天，更加阴森恐怖，更加幽深狭窄，更加扑朔迷离。巨大的石块和桁木从他们头顶上方那些腐朽的房顶直往下落，它们砸到地面的沉闷响声说明周围的建筑都很高大，当他们必须格外费力才能通过堆在街上的一堆堆垃圾时，他们的手不时碰到一副骷髅或一具尚未完全干枯的尸体。

当他俩跌跌撞撞走近一幢高大阴森的楼房入口之时，当兴奋的勒格斯从喉咙里发出一声比刚才更为刺耳的高嚷之时，屋里突然传出一阵又像是人在狂笑又像是魔鬼在尖叫的回应声。在这样的时候，在这样的地方，这样的声音会使任何一个清醒者血液凝固，毛发倒立，可那两个醉鬼却愣头愣脑地扑向入口，撞开大门，嘴里骂骂咧咧，脚下偏偏倒倒地进到屋中。

他们所闯进的原来是一家棺材店，但门角地板上开着的一道活板门通往一个幽深的酒窖，酒窖深处不时传出的酒瓶胀裂的声音证明了它的贮量丰富。屋子的中央摆着一张桌子，桌子的中央矗立着一个像是装着混合酒的巨大酒瓶。宽阔的桌面上还放着许许多多形形色色盛满各类美酒佳醪的瓶壶瓮罐。在桌子四周的棺材架上围坐着六个人。对这六个人我得费点工夫一一道来。

正对着大门且比众人坐得稍高一点的那位看起来像是这伙人的首领。他长得又高又瘦，连勒格斯也大惊失色地发现那人的形销骨立比起他来也有过之而无不及。他的脸黄得像是番红花。但那张脸上只有一个显著的特征值得一提，这就是他那高高突起的额顶，那额顶高得非同寻常，令人心惊，就好像是在天生的头上人为地加上了一顶肉冠。他的嘴噘起，皱成一副可怕的和蔼相。他的眼睛，实际上和全桌人的眼睛一样，被酒气蒙上了一层薄翳。这位绅士浑身上下穿的是一块绣花金丝绒黑色裹尸布，尸布按照披西班牙斗篷的方式漫不经意地裹住他的身子。他的头上竖满了装饰灵车的黑羽毛，羽毛随着他气派而老练的头的摆动而摇晃，他右手握着一根人的大腿骨，而刚才他似乎正敲着这根大腿骨指名要桌边的某位唱支歌。

坐在他对面、背对着大门的是一位浑身上下都非同寻常的女士。虽说她足有我们刚才描述的那位先生那么高，但她却没有权利抱怨他不合情理的消瘦。她显然已到了浮肿病晚期，她的身子几乎就像她身边角落里那个打开着的能装 120 加仑十月啤酒的大桶。她的脸滚瓜溜圆，通红通红；与我前面提到的那位先生一样，有着同样的特色，或准确地说是缺少特色。这就是说她脸上也只有一个特征值得一提。实际上，精明的塔波林早已一眼看出，桌边的那些人都如出一辙，每人脸上都有一个特殊部位。这位女士的特殊部位就是她的嘴。一道裂口从她的右耳一直延伸到左耳，她两只耳朵上戴的短耳饰老是要晃进那道裂缝。不过，她尽力闭着嘴，一身新近浆洗熨烫过的、领口有竖起的波浪形皱边的柩衣使她显得端庄典雅。

她右手边坐着一位似乎是由她保护的身材娇小的年轻女士。她瑟瑟发抖的纤纤玉指、她毫无血色的发青的嘴唇，以及她不那么发青的脸上泛起的潮红斑，都明显地说明这位娇美柔弱的尤物患了一种奔马痨[1]。然而，她脸上弥漫着一种自命不凡的神气；她穿着一件用最好的印度细麻布缝制的宽大漂亮的寿衣，显得优稚而飘逸。她曲卷的秀发垂到脖子；她嘴边挂着一丝柔和的微笑；可她的鼻子，那又长又细又软又弯且长满粉刺的鼻子一直垂过了她的下嘴唇，尽管她不时用舌头极其优雅地将鼻子移到左边或右边，但这多少给了她那张脸一种说不清道不明的表情。

与她的座位相对，在那位浮肿女士的左边，坐的是一位呼哧呼哧直喘气的患痛风病的小个子老头儿，他的脸就像两只装奥波多酒的大酒囊堆放在两边肩上。他交叉着双臂，把一条缠着绷带的腿放到桌上，似乎认为自己有权利得到某种尊重。他显然为自己的每一

1 “奔马痨”是干酪样肺炎的别称，是一种恶化得极快的肺结核。

分外貌而感到自豪，但更乐于让别人注意他那件色彩炫丽的大礼服。说实话，这礼服肯定花了他不少钱，而且剪裁得非常合身。礼服是依照一种精心刺绣、用来保护那些光荣的纹章盾牌的丝套式样剪裁的，在英格兰和别的地方，那些罩着丝套的纹章盾牌习惯上常挂在已故贵族新居某个显眼的位置。

与他相邻，坐在那位首领右手边的是一位穿着白色长袜和棉布衬裤的绅士，他的身子以一种十分滑稽的方式一阵阵战栗，塔波林称这种战栗为“恐怖”。他刚刚刮过的下巴被一条细棉布绷带紧紧缠住，他的手腕也以同样的方式被缠得紧绷绷的，这使得他不能随心所欲地替自己斟酒；依照勒格斯的看法，这是他那张饮酒过量、糟气喷鼻的脸所采取的必要措施。然而，他那双很可能没法控制、向两旁空间伸展的大耳朵不时地因拔瓶塞的声音而在一阵痉挛中竖起。

他对面所坐的第六位（也是最后那个人）显得异常呆板，认真地说，这位为麻痹症所苦的人肯定会因他那身极不随和的穿戴而感到不自在。他那身穿戴多少有点儿标新立异，他穿的是一口崭新的漂亮的红木棺材。棺材顶端的那一块压在他的头上，朝四方伸出像是一顶兜帽，使他的整张脸显出一种难以描绘的趣味。棺材两侧各掏了一个伸胳膊的洞，这显然是为了方便而不是为了风雅；但这身服装却使它的穿戴者不能像他的同伴们那样直端端地坐着；而当他成45度角斜靠在棺材架上之时，他那双眼珠突出的巨大眼睛因绝对惊异于自身的巨大而朝天花板翻着白眼。

桌边的每个人面前都放着一块用作酒杯的头盖骨。桌子上方悬着一具人的骷髅，骷髅的一条腿被一根绳子套住倒挂在天花板的一个环上，另一条腿没被束缚，与主体成直角耷拉下来，使得整副因松散而嘎嘎作响的骨架随着每一阵钻进屋里的风旋转摇晃。在那副骷髅的头骨中放着一些燃烧的木炭，木炭发出忽明忽暗但能照清室内全部景象的火光；棺材店的棺材和其他殡仪用品高高地堆放在屋子四周，遮住了窗户，以防止光线泄漏到街上。

看见这群怪模怪样的人，看见他们更古里古怪的衣饰装束，我们的两位水手没有表现出那种本来应该表现出的礼貌。勒格斯靠在他正好所在的那个位置的墙上，把他本来就往下坠的下巴坠得更低，把他那双本来就大的眼睛睁到了最大限度；休·塔波林则弯下腰，鼻子与那张桌子成同一水平，双手撑在双膝上，爆发出一阵最不合时宜、最没有节制的震耳欲聋且经久不息的笑声。

可是，那位高个子首领并没有因为这两个入侵者的唐突无礼而生气，而是和蔼地朝他俩微微一笑，体面地冲他俩点点他那竖着黑羽毛的头，然后起身抓住他俩一人一条胳膊，把他俩领到桌边，在他起身迎客之时，其他人早已挪出了座位。勒格斯对这番殷勤没有丝毫异议，顺从地坐到了指定给他的座位上；但爱对女人献殷勤的塔波林则自己动手将让他坐的靠近桌端的棺材架挪到了那位娇小的患肺结核的女士身旁，并高高兴兴在她身边坐下，替自己斟了满满一头盖骨红葡萄酒，为他们的进一步了解而咕咚咕咚将酒一饮而尽。但他这番无礼似乎大大地激怒了那位身穿棺材的僵硬绅士，若不是那位首领用大腿骨敲击桌面转移了大伙儿的注意力，后果将不堪设想。首领致辞道：

“在这个欢乐的时刻，我们义不容辞……”

“等一等！”勒格斯神情严肃地打断了首领的致辞，“稍稍等一等，我说，请先讲讲你们究竟是些什么人，到底在这儿干什么，干吗一个个穿得像是令人恶心的魔鬼，为什么大口大口地喝我诚实的船友、棺材店老板威尔·温布尔贮藏来过冬的杜松子酒？”

一听这番不可饶恕的不逊之言，原来围坐在桌旁的六个人都惊得几乎跳起，并发出一阵刚才把两名水手引进屋子的那种魔鬼般的尖叫声。但那位首领率先恢复了镇静，转向勒格斯，以非常威严的声调说：

“我们非常乐意满足我们尊贵的客人任何合乎情理的好奇心，尽管他们并没有受到邀请。那就让你们知道，在这片疆土上我是君王，这里是‘瘟疫王一世’所统治的不可分割的王国。

“你用不敬之辞声称此屋是棺材店老板威尔·温布尔的店铺，但我们从来不认识那个人，在今晚之前，我们高贵的耳朵从未曾听见过他下贱的名字。现在我告诉你们，这间屋子是我们王宫的议事厅，用来举行我们王国的御前会议，或作其他神圣而高尚的用途。

“坐在我对面这位高贵的女士就是瘟疫王后，我们尊贵的王后殿下。你们所见到的这些达官贵人全都是我们王室的成员，他们都具有王家血统和各自的头衔。他们是‘大公伊夫尔罗斯·瘟症殿下’‘公爵伊伦修·瘟疫阁下’‘公爵泰姆·瘟疫阁下’和‘女大公安娜·瘟疫殿下’。

“至于，”他继续道，“至于你问我们坐在这儿干什么，请原谅我们只能这样回答：这仅仅与我们个人的私事和王室的利益有关，这些事对我们之外的任何人都毫不重要。但考虑到你们作为客人和陌生人，也许会觉得自己有权利知道，那我们可以做进一步的解释，我们今晚在此集会，是准备通过深入的调查和精密的研究来检测、分析，并全面确定这座美丽京城所有的葡萄酒、啤酒和烈性酒这些难以估量的味觉宝藏之难以界说的酒精含量和难以测定的质量特征。这样做并非为了推行我们自己的计划，而是为了另一个世界那位君主的真正福利，那位君主统治着我们全体，他的疆域无边无际，他的名字就叫‘死神’。”

“他的名字叫海神！”塔波林脱口纠正道，一边替身旁的那位女士斟了一头盖骨酒，然后也把自己面前的头盖骨倒满。

“亵渎神圣的贱民！”那位首领这下把注意力转向可敬的塔波林，“你这个亵渎神圣、可憎可恶的无赖！我们已经说过，仅仅是为了不侵犯甚至连你们这些下等人也享有的权利，我们才不耻下答你们那些粗野无理的提问。但是，由于你们闯入我们御前会议的亵渎行为，我们认为必须让你和你的同伙每人喝下 1 加仑黑带啤酒，为了我们王国的繁荣昌盛。若你们能跪在地上把酒一口喝干，那你们将马上获得自由，然后根据你们受尊重的个人意愿，既可离开此地走你们的路，也可留下来继续参加我们的酒会。”

“这完全是不可能的事。”勒格斯答道，瘟疫王一世的傲慢和威严显然已经使他对其产生了几分敬意，他站起身来靠稳桌边镇定地说，“尊贵的陛下，此事断然不可能，就我的舱容量而言，连陛下你刚才提到的酒的四分之一也装载不下。别说中午之前作为压舱物填进去的那些东西，也不提今天晚上在不同的口岸搭载的各种各样的啤酒和烈酒，单是在‘快乐水手’那个口岸装进并及时交付了货款的‘冒泡的填充剂’眼下对我来说就还是满载。所以，尊贵的陛下，你应该仁慈地体谅我的苦衷，体谅我无论如何也不能或不会再吞下一口,尤其是不能再吞一口那种叫作‘黑带啤酒’的令人恶心的船底污水。”

“住口！”塔波林截住了勒格斯的话头，他所惊讶的并非他伙伴说话啰唆，而是他实际上的拒绝，“住口，你这个笨蛋！我说，勒格斯，收起你那通废话！我的船舱还空着呢，虽然我承认你看上去有点头重脚轻；至于说你那份船货，我宁愿替你挤出点舱位也不愿引起风波，不过……”

“这个程序，”首领抢过话头道，“这个程序既不是处罚也不是判决，而是居于两者之间，它不能改变也不能撤销。我们已经提出的条件必须不折不扣地得到履行，而且不容拖延，若不然，我们将宣判将你们的脖子和脚捆在一起，马上丢进那个装有52加仑十月啤酒的大桶，作为判逆者淹死！”

“正确的判决！正义的判决！公正的判决！辉煌的判决！最公正、最正直、最神圣的判决！”瘟疫家族的成员们齐声呼喊。瘟疫王高耸起额头，露出数不清的皱纹；患痛风病的小老头呼哧呼哧像是一对风箱；穿细麻布寿衣的那位女士把鼻子摇来晃去；穿棉布衬裤的绅士竖起了耳朵；穿柩衣的那位气喘吁吁像条要干死的鱼；穿棺材的人一动不动向上翻着白眼。

“呸！呸！呸！”塔波林抿嘴暗笑，毫不理会那伙怪物的激动，“呸！呸！呸！——呸！呸！呸！听我说，”他开口道，“当瘟疫王先生还在穿他的解缆针时，我就说两三加仑黑带啤酒对我这条尚未满载的不漏水的船来说是小事一桩，但当事情发展到要为那个（上帝赦免的）魔鬼干杯，要我在他这个狗屁陛下面前下跪，这就完全是另一回事了，正如我知道自己是个无赖，我也清楚地知道他在这世上也一文不值，他只不过是演戏的蒂姆·赫尔利格尔利！哈！这可完全是另一回事，完全把我给弄糊涂了。”

他没能安安稳稳地讲完这番话。因为一听到蒂姆·赫尔利格尔利这个名字，那六个家伙全都从座位上跳了起来。

“叛逆！”瘟疫王一世大喊。

“叛逆！”患痛风病的小个子高嚷。

“叛逆！”女大公安娜·瘟疫尖叫。

“叛逆！”下巴缠着绷带的绅士嘟囔。

“叛逆！”棺材中的那一位咆哮。

“叛逆！叛逆！”大嘴巴的王后陛下惊呼，并趁不幸的塔波林正要为自己斟酒之机，一把抓住他的后裤裆，高高地举过头顶，然后毫不客气地把他扔进了旁边那个装有他所喜爱的啤酒的120加仑大桶。塔波林像泡在甜酒里的苹果，挣扎沉浮了一小会儿，最后消失在被他一番折腾所搅起的泡沫漩涡中。

但那位高个儿水手并没有乖乖地看他朋友那副狼狈相。勇敢的勒格斯一掌把瘟疫王推进那个开着口的陷阱，嘴里咒骂着，呼的一声向下关上了活板门，然后大踏步走到屋子中央。他一把扯下悬在桌子上方的那副骷髅，将它放在自己身边。他精力是那么充沛，意志是那么坚强，以至于当屋里最后一丝光线消失之时，他成功地敲碎了那个患痛风病的小老头的脑袋。接着他憋足全身劲猛然撞向那装着啤酒和塔波林的酒桶，酒桶一下子就被撞翻。啤酒像汹涌泛滥的洪水势不可挡地冲了出来，顷刻间淹没了整个屋子，摆满酒的桌子四脚朝天，当座位的棺材架七零八落，那个巨大的酒瓶被扔进了壁炉，两位女士被扔进了歇斯底里。一堆堆殡仪用品在酒中挣扎。各式各样的瓶壶瓮罐随波逐浪，大肚长颈瓶绝望地与厚玻璃瓶相撞。那个老一阵阵战栗的家伙当场淹死，那位僵直的绅士在棺材中被冲走，而大获全胜的勒格斯抓住那位穿柩衣的胖女士的手腕，拉着她冲到大街上，直奔“自由自在号”而去，在他身后一帆风顺地跟着可尊可敬的休·塔波林，他一路上打了三四个喷嚏，气喘吁吁地跟在他身后的是女大公安娜·瘟疫。

奇异天使

那是11月里一个寒冷的下午。我刚吃过一顿格外丰盛的午餐，而不易消化的块菌[1]绝非那顿午餐的主菜。当时我正独自一人坐在饭厅，把双脚搁在壁炉围栏上，胳膊肘撑着一张被我推到炉火旁的小桌，桌上摆着一些权充餐后甜食的果品和各式各样装着葡萄酒、烈性酒和甜露酒的瓶子。那天上午我一直在读格洛弗的《斯巴达王莱奥尼达斯》、威尔基的《忒拜后辈英雄》、拉马丁的《朝拜圣地》、巴洛的《哥伦比亚德》、塔克曼的《西西里岛》和格里斯沃尔德的《美国文学珍品》[2]，因此我现在乐于承认，当时我觉得有点儿昏昏沉沉，于是我频频独斟独饮拉斐特酒，试图让自己恢复清醒。

---

1 块菌（truffle）亦称块菰或松露。

2 这里提到的作品都极负盛名，但爱伦·坡认为都是些令人昏昏欲睡的无聊之作。

但喝酒也无济于事，于是我绝望地试着读一份随手拿到的报纸。字斟句酌地读完“房屋出租”专栏、“寻狗启事”专栏以及“妻子私奔”和“学徒逃亡”两个专栏之后，我又毅然决然地开始读那篇社论，从头到尾读了一遍，可一个字眼也没有读懂，心想那些字眼可能是中文，便又从尾到头再读了一遍，但结果仍然不知所云。我正厌恶地要扔掉“这份连批评家也不批评的 / 四页对开的幸运之作”[1]，这时我觉得自己的注意力多少被下面这个段落唤醒：

死亡的途径不计其数而且千奇百怪。伦敦一家报纸报道有人因一种奇异的原因而丧命。此人当时正在玩“吹镖”，这种游戏的玩法是通过一根细管将一根被嵌入绒线的长针吹向镖靶。他错误地把针倒头放进了细管，当他想吸足气用力吹镖之时，却把针吸入了咽喉。针滑进了肺部，使他在几天之后毙命。

读完这段文字，我莫名其妙地勃然大怒，大声骂道：“这篇报道是一派卑鄙的谎言，是一种拙劣的欺骗，是

1 引自英国诗人威廉·柯珀（William Cowper，1731—1800）的无韵体冥想诗《任务》第 4 章第 50—51 行。另参见本书《德洛梅勒特公爵》题记。

某个穷酸文人的向壁虚构，是安乐乡[1]某个可怜虫的胡编乱造。这些家伙知道如今世人好欺，便把他们的聪明才智用来幻想不可能的可能，幻想他们所谓的奇灾异祸。但对于一份像我这样爱沉思的智力，”我无意识地把食指挪到了鼻子旁边，“对于一种像我所具有的这种爱冥想的悟性，这种事似乎一眼就能被看穿：近来这些‘奇灾异祸’令人惊奇的增长速度，才正是迄今为止最最奇怪的灾祸。对我来说，我打算从今以后对凡是带‘奇异’的事都一概不信。”

“天哪，那么你真是个傻瓜！”一个我所听见过的最奇异的声音突然答话。开始我以为是自己耳鸣，就像一个人酩酊大醉时往往会体验到的那样。但转念一想，我认为那简直像是用粗棍子敲打一个空桶所发出的声音。事实上，若不是那声音里清楚地包含着音节和字眼，我本来可以断定那的确是敲桶的声音。我天生就不神经过敏，而且我已经喝下的那很少几杯拉斐特酒也大大地增加了我的勇气，所以我觉得自己并没有发抖，只是悠然地抬起双眼四下环顾，仔细搜寻那个不速之客。但结果我什么人都没有看见。

“哼！”当我的目光继续搜索之时，那个声音再次

1 安乐乡（Cockaigne），旧时对伦敦的谑称。

说话，“那么你肯定醉得像头猪，居然看不见我就坐在你身边。”

于是我想到该马上看看鼻子跟前，果不其然，就在桌子旁边与我面对面坐着一个人，此人虽说并非全然不可描述，但的确几乎没法形容。他的身子是一个126加仑的葡萄酒桶或120加仑的朗姆酒桶，或者说是诸如此类的东西，具有一种真正的福斯塔夫[1]的气派。大桶下端嵌着两个10加仑的小桶，看起来是作为两条腿使用。胳膊是从那躯体上部吊下的两个还算够长的瓶子，瓶颈便是两只手掌。我所看见的那个怪物脑袋是一个黑森雇佣兵们用的那种水壶，形状就像个大鼻烟壶，壶盖中央有个洞。这个军用水壶（顶上有个漏斗，活像一顶遮住了眼睛的骑士帽）位于酒桶上端边缘，有洞的一面正朝着我。那个洞皱皱巴巴，就像一个古板的老妇人的嘴巴，那怪物正从这个洞里发出显然是想让人听懂的低沉的咕哝声。

“我说，”他说道，“你肯定醉得像头猪，因为你坐在那儿却没看见我坐在这儿。我还要说，你肯定蠢得像只鹅，因为你竟然不相信印在报上的事情。那全是实情，句句是真，字字不假。”

---

1 福斯塔夫是莎士比亚在《亨利四世》和《温莎的风流娘儿们》等剧中塑造的一个人物，是个肥胖、快活、滑稽的角色。

“请问你是谁？”我虽然有点不知所措，但仍然神气十足地问道，“你是如何到这儿来的？你在说些什么？”

“问我如何到这儿来的，”那家伙回答，“这不关你的事；问我在说些什么，我在说我认为该说之事；至于说到我是谁，嘿，我来这儿就是要让你自己看个明白。”

“你是个喝醉酒的流浪汉，”我说，“我这就摇铃叫仆人把你踢到街上去。”

“嘿！嘿！嘿！”那家伙说，“喔！喔！喔！你不能那样做。”

“不能！”我问，“你这是何意？我不能做什么？”

“摇铃。”他回答道，试图用他那张讨厌的小嘴挤出一丝笑意。

我一听这话便努力要站起身，从而把我的威胁付诸行动，可那个流氓不慌不忙地把两个长瓶中的一个伸过桌子，用瓶颈在我额顶上重重一敲，把我一下敲回了我正想离开的那把椅子。我彻底惊呆了，一时间竟全然不知所措，而与此同时，他还在继续说话。

“你看，你坐着不动岂不更好。现在你可以知道我是谁了。看着我！看！我是奇异天使。”

“而且真够奇异，”我壮着胆子说，“可我从来都认为天使长有翅膀。”

“翅膀！”他愤然吼道，“我要翅膀干什么？天哪！你以为我是一只鸡？”

“不！哦，不！”我惊骇万分地回答，“你不是鸡。当然不是。”

“那好吧，坐在那儿别动，放规矩点，不然我就再用手腕敲你。鸡才有翅膀，猫头鹰才有翅膀，小魔鬼才有翅膀，魔王才有翅膀。天使可没有翅膀，而我是奇异天使。”

“那你现在来找我有何……有何贵干……”

“这是我的事！”那家伙高声嚷道，“咳，你真是个既没教养又自负的家伙，居然问一位绅士和天使有何贵干！”

这种刻薄话即便是出自一个天使之口，也令我实在不能容忍。于是我鼓起勇气，抓起手边的一个盐瓶，朝着那位不速之客的脑袋砸去。可不是他躲闪得快就是我没砸准，因为盐瓶所砸碎的是壁炉架上那个钟的水晶防护罩。至于那位天使，他像先前那样在我额顶上一连重重敲了两三下，以表明他对我这场攻击的看法。这两三下顿时使我屈服，而且我一直羞于承认，当时不知是因为疼痛还是因为懊恼，我眼里竟然涌上了几滴泪花。

我的悲痛显然使奇异天使温和了不少。“天哪！”他说，“天哪，你这个人要么是喝得太多，要么是非常伤心。你千万不能喝这么烈性的酒，你必须往你的酒里掺水。来，喝点这个，像条好汉，别哭鼻子了！别哭！”

奇异天使说着把一种从他一只瓶子手里流出的无色液体掺兑进我的酒杯（杯里原有约三分之一的红葡萄酒）。我注意到那两个瓶子的瓶颈上贴着标签，标签上用德文印着“樱桃酒”。

这位天使的关心体贴使我大为平静。在他不止一次往我的葡萄酒里掺进的樱桃酒的帮助下，我终于恢复了足够的镇静来听他那番奇谈怪论。我不敢自称能复述他告诉我的一切，但从他所言我得知，他是负责人类意外事故的守护天使，他的任务是不断惊吓那些不信意外的人，为他们带去奇灾异祸。有一两次当我斗胆对他的夸夸其谈表示怀疑之时，他突然大动肝火，结果我终于认为最好是一声不吭，任凭他自己去说个天花乱坠。于是他继续长篇大论，而我则坐在椅子上，眯缝着眼睛，自得其乐地大嚼葡萄干，并用指头把葡萄柄弹向房间四处。但没过多久，那天使突然认为我这种态度是对他的轻蔑。他怒不可遏地站起身，垂下他的漏斗遮住双眼，郑重地发了一个誓，对我进行了某种我不甚明白的威胁，最后朝我深深地鞠了一躬并且告辞，临行前用《吉尔·布拉斯》中那位大主教的话祝我“万事如意并多长点儿见识”[1]。

他的离去令我如释重负。我先前喝下的那几杯拉斐特酒此时已产生让我昏昏欲睡的效果，我想打个盹儿，照我午餐后的习惯稍稍睡上 15 或 20 分钟。6 点钟我有一个重要约会，那是一次我必须应约的会见。我住宅的保险单于前一天到期，而由于出现了某种争执，最后商定我应该在 6 点钟与保险公司的董事们会面，解决保险期延长问题。抬眼看了一下壁炉上的座钟（因为我感觉困得不想掏表），我高兴地发现我还有 25 分钟。此时是 5 点半，我只消 5 分钟就能步行到保险公司，而我平时打盹儿从来不会超过 25 分钟。所以我觉得万无一失，并立即静下心来开始打盹儿。

舒舒服服地一觉醒来，我又看了看那个座钟，并几乎不相信有可能发生那种怪事，因为我发现我并非像平时那样睡了 15 或 20 分钟，而是只有 3 分钟，因为还差 27 分钟才到约会时间。我翻身再睡，而待第二次醒来，我大为惊奇地发现仍然还差 27 分钟才到 6 点。我一跃而起去检查那个钟，发现它早已停止走动。我

1　此句原文是爱伦·坡自撰的法文“beaucoup de bonheur et un peu plus de bon sens”。在勒萨日原著第 7 卷第 4 章末尾，大主教赶吉尔·布拉斯走时说的是“toutes sortes de prospérités avec un peu de goût”（祝你事事成功，另外再提高一点儿读文章的品味）。

的表告诉我时间已是 7 点半。当然，由于睡了两个小时，我已经赶不上我的约会。“这没关系，”我自言自语道，“我可以早上再去保险公司当面道歉，可现在这钟会是什么毛病？经过检查，我发现是我与奇异天使谈话时胡乱弹出的一根葡萄柄飞进了被砸破的水晶钟面，非常奇怪地钻进了上发条的钥匙孔，留着一节柄尾翘在外边，因此而阻止了分针的走动。

“啊！”我说，“我明白是怎么回事了。这件事本身就说明了问题。一次正常事故，正如往往会发生的那种！”

我不再去考虑这次事故，按我通常的时间上床睡觉。上床前我把一支蜡烛放在床头的阅读架上，打算在入睡之前读上几页《上帝无所不在》[1]，不幸的是我还没读上 20 秒钟就沉入了梦乡，留下那支蜡烛继续燃着。

我的梦被奇异天使可怕的幻影频频惊扰。我梦见他站在床边，撩开围帘，用朗姆酒桶空洞而可憎的声调向我发出威胁，说要因我对他的轻视而对我施行最严厉的报复。他长篇大论之后摘下他的漏斗帽，把漏斗管插进我的咽喉，并从他当作手臂的一个长颈瓶里

1 英国作家蒙哥马利（Robert Montgomery，1807—1855）的这部书也被爱伦·坡认为是无聊之作，他在《失去呼吸》中也嘲讽过此书乃催眠之书。

哗啦啦地不断倒出樱桃酒，满满地灌了我一肚子。我的痛苦终于难以忍受，而我惊醒之时正好看见一只老鼠卷走阅读台上那支燃着的蜡烛，但我没法及时阻止它带着那支蜡烛逃进洞去。不一会儿，一股令人窒息的气味钻进我的鼻孔，我清楚地意识到房子已着火。几分钟内火焰就熊熊蹿起，眨眼工夫整幢楼房就被烈火包围。卧室所有的出口都被封断，只剩下一扇窗户可以逃命。不过人们很快就找来并架起了一架长梯。我顺着这架梯子急速下降，眼看就要安全到达地面，可这时出现了一头肥猪，它那滚圆的肚子，实际上它的整副形态和外形，都使我想到那位奇异天使。我是说出现了一头肥猪，那头猪刚才一直在泥淖里安睡，可此时它觉得它的左肩需要搔痒，而除了那架梯子的支脚之外，它再也找不到更合适的地方磨皮擦痒。我顷刻之间猛然摔下，不幸折断了一条胳臂。

这场事故使我损失了保险金，更严重的是损失了我的头发，因为全部头发都被大火烧光。这样的事故使得我的情绪极易波动，以至于我终于决定娶个妻子。一个有钱的寡妇正因为失去了她的第七任丈夫而郁郁寡欢，我的山盟海誓成了医治她心灵创伤的灵丹妙药。她勉强答应了我的求婚。我感激而敬慕地在她脚边跪下。她羞得满脸通红低下头，把一头浓密的秀发垂到由格朗让护发公司临时为我提供的假发上。我迄今都不知道纠缠是怎样发生的，但当时真发假发的确纠缠在了一起。我站起身时没有了假发，只剩一个光溜溜的秃头，而她却几乎被缠成一堆的头发所遮蔽。这下她怒形于色，对我不屑一顾。我娶那寡妇的希望就这样葬送于一场事故，诚然这场事故完全不可预料，但它仍造成了正常的事故后果。

不过我并没有灰心丧气，接着又向一颗不那么顽固的心发起了进攻。运气在短时间内又是很顺，但又遇上了一件小小的事情。约好与我的未婚妻在全城名流云集的一条大街上会面，我正急匆匆上前要用经过我充分深思熟虑的一种鞠躬礼向她致敬，这时一小粒奇怪的东西突然钻进我的眼角，使我一时间什么也看不见。不待我重新睁开眼，我爱的那位女士已经消失，因为她认定我是故意经过她身边而不理她，以这种粗鲁来使她当众蒙受奇耻大辱。我正站在那儿为这突发事件感到迷惑（不过这种事说不定会发生在天底下任何人头上），而且我的眼睛仍然看不清东西，这时奇异天使突然把我唤住，并以一种我没有理由指望的礼貌向我伸出援手。他非常耐心并熟练地检查了我睁不开的那只眼睛，告诉我里面有一个滴状物，并把它取了出来（不管这“滴状物”到底是什么），解除了我的痛苦。

当时我认为已到了去死的时候（既然命运执意对我加以迫害），于是我走向最近的一条河。我在河边脱光了身上的衣服（因为我们没有理由不像赤条条出生那样赤条条地去死），头朝下纵身跃入水流。我死亡的唯一见证者是一只孤零零的乌鸦，它被浸过白兰地的玉米引诱，因此离开了它的伙伴。我刚一跳进水中，那只鸟就想带上我的服装中最必不可少的那一部分飞走。所以我暂且推迟了自杀计划，匆匆让我的下肢穿进上衣的两只袖子，开始以情况所要求并允许的全部敏捷追赶那个罪犯。但我的厄运依然伴随着我。由于我鼻子朝天全速奔跑，一心只想抓住那个偷我裤子的窃贼，我忽然觉得我的双脚已不再脚踏实地。事实上我已经从一座悬崖上摔下，若不是我有幸抓住了从飞过的一只气球上垂下的导绳的绳端，那我早不可避免地摔成碎片了。

我稍稍回过神来，意识到我正处于其中或说吊于其上的可怕困境之后，我便立即扯开嗓门，想让头顶上的气球驾驶员知道我的尴尬。可我喊了老半天也是白搭。要么是那个白痴听不见我的声音，要么是那个恶棍故意不理我。与此同时气球以飞快的速度上升，而我的体力则以更快的速度下降。我很快就到了听天由命的时刻，眼看就要无声无息地坠入大海，这时头顶上传来一个空洞的声音，使我突然恢复了精神，那声音听起来像是在懒洋洋地哼唱一首咏叹调。抬眼一望，我看见了奇异天使。他交叉双臂俯身于吊舱边上，嘴里叼着一个烟斗，正优哉游哉地吞云吐雾，似乎正自我陶醉于宇宙万物之中。我已经累得说不出话，所以只是用乞求的目光望着他。

尽管他直盯着我的脸，可好几分钟他都没吭一声。最后他小心翼翼地把他那个海泡石烟斗从右嘴角移到左嘴角，以一种高高在上的口吻对我说话。

“你是谁？”他问，“你到底在那儿干什么？”

对这种厚颜无耻、残酷无情和虚情假意，我只能以一声“救命”作为回答。

“救命！”那流氓重复道，“那可不是我的事。这是瓶子，救你自己吧，该死！”

他说着扔下重重的一瓶樱桃酒，瓶子不偏不歪正砸在我头顶，我想自己的脑浆肯定已被全部砸出。想到脑袋已开花，我便打算松开双手欣然放弃灵魂，这时那天使的喊叫声把我拦住，他命令我抓紧。

“抓紧！”他说，“别那么着急！别急！你是想再来一瓶，还是你觉得已经清醒，已经彻悟？”

于是我赶紧点了两下头，第一下是否定式，从而表明我暂时不想再来一瓶；另一下是肯定式，意思是说我很清醒，而且已经大彻大悟。这样我多少使那位天使温和了一点。

“那么你终于信了？”他问，“这么说你相信奇灾异祸的可能性？”

我又点头表示认可。

“你也相信我，奇异天使？”

我再次点头。

“你承认你是个醉鬼，是个笨蛋？”

我再一次点头。

“那么把你的右手放进你左边的裤兜，作为你完全服从奇异天使的象征。”

由于非常明显的原因，我觉得此事压根儿不可能照办。首先，我的左臂在摔下梯子时已经折断，所以要是我松开右手，那我肯定就完全松开了绳子。其次，在我找到那只乌鸦之前我不可能有什么裤子。所以，我非常抱歉地被迫以否定式摇头，从而想让天使明白我感到此时此刻不便遵从他天经地义的要求！可我的摇头刚一停止，奇异天使便怒吼道：

“那你就见鬼去吧！”

随着这声怒吼，他抽出一把锋利的折刀割断了我吊于其上的吊绳，而由于我们当时碰巧正刚刚飞过我那幢房子的上方（在我外出旅行期间，房子已重建一新），所以我一个倒栽葱跌进了宽敞的烟囱，落在了饭厅壁炉跟前。

待我苏醒之时（因为那一跤完全把我摔昏了），我发现是凌晨4点左右。我直挺挺地躺在我从气球上摔下来的那个地方。脑袋枕着已熄灭的炉灰，双脚则压在一张被打翻的小桌子的残片上，四周散落着杂七杂八的餐后水果，其间混有一份报纸，一些砸碎的酒杯和酒瓶，还有一个装斯希丹樱桃酒的空壶。奇异天使就这样替自己报了仇。

千万别和魔鬼赌你的脑袋

拉斯托雷斯的唐·托马斯在其《爱情诗集》序言中声称：“Con tal que las costumbres de un autor, sean puras y castas, importó muy poco que no sean igualmente severas sus obras.”用通俗易懂的话来说，这意思就是，假若一名作家自身道德高尚，那何为他作品的道德寓意就无关紧要。我们可以假定唐·托马斯因下此断言而进了炼狱。而且为了诗的公道，一个明智的做法就是让他待在那儿，直到他的《爱情诗集》已绝版，或等到他那些诗集因无人问津而被束之高阁。每一篇故事都应该有一种道德寓意，而且说得更贴切一点，批评家们已经发现每个故事都有这种寓意。菲利普·梅兰希顿300年前曾写过一篇关于《蛙鼠之战》的评论，证明了荷马的宗旨是要唤起一种对骚乱的厌恶。皮埃尔·拉塞纳则更进一步，他证明荷马的意图是要劝说年轻人节食节饮。正是这样，雅各布斯·胡戈也已经彻底弄清，荷马是以欧厄尼斯暗讽约翰·加尔文，以安提诺俄斯影射马丁·路德，以食忘忧果的民族挖苦全体新教徒，以哈耳庇厄揶揄所有德国人。我们更现代的训诂学者也同样深刻。这些先生证明《洪水之前》中有一种隐藏的意义，《波瓦坦》中有一则道德寓言，《知更鸟》中有一种新的观点，而《小拇指》中则有超验论。一言以蔽之，只要一个人坐下来写作就不可能没有一个深刻的立意。一般说来，这样作家们倒省了不少麻烦。譬如说，一名小说家用不着去担心他的寓意。它就在那儿，也就是说它就在什么地方，寓意和批评家们能自己照料自己。时机一到，那位小说家想说的一切和不想说的一切都会在《日晷》或《新英格兰人》等杂志上曝光，另外还会加上他本来应该想说的一切，以及他显然是想说而没有说的一切，结果寓意那东西到最后全都会老老实实地出来。

因此，那些不学无术的家伙没有任何正当理由对我横加指责，说什么我从未写过一篇道德小说，或说得精确一点，是从未写过一个含有道德寓意的故事。他们并不是上帝派来使我扬名并启发我道德感的批评家——那是秘密。不久之后《北美无聊季刊》就会使他们为自己的愚蠢而感到羞耻。与此同时，为了阻止对我的伤害，为了减轻对我的非难，我献出下面这个悲伤的故事。这个故事的道德寓意无论如何也毋庸置疑，因为任何人只消瞥一眼就能从这个故事的副标题中看到寓意。我应该因这样谋篇布局而受到赞扬，这样谋篇远比拉封丹之流的故事结构更为明智，因为拉封丹之流总是把效果保留到最后一刻，到故事结尾才让读者看到其寓意。

“别让死者受到伤害”是古罗马十二铜表法戒律之一，而“替死者讳”是一项极好的禁令，即使被提到的死者是微不足道的小民。所以，我的意图并非要诽谤我死去的朋友托比·达米特。他曾是个无赖，这一点不假，而且非常悲惨而可耻地死去，但他不应该为他不道德的恶习受到责备。那些恶习之养成是因为他母亲身上的一个缺陷。当他还是个婴儿之时，他母亲就尽其全力用鞭子对他进行教育，因为履行义务对她那井井有条的头脑来说总是件乐事，而婴儿就像咬不动的牛排，或像现代希腊的橄榄树，当然是打得越多越好。但是，可怜的女人！她不幸是个左撇子，而用左手去打孩子那还不如不打。地球的旋转是从右向左。打孩子万不可从左向右。如果说从正确的方向一鞭子可以抽掉一种不良倾向，那可以推测，从相反的方向一鞭子会抽进同等量的邪恶。托比受惩戒时我常常在场，甚至从他蹬腿踢脚的方式，我就能看出他一天比一天变得更坏。最后我终于两眼噙着泪花看到，那个恶棍已完全无可救药。有一天他挨耳光一直挨到满脸发黑，黑得别人会以为他是个非洲孩子，可结果除了他扭动着身子昏了过去，那顿耳光没产生任何效果，我不能容忍再这样下去，只好立刻跪倒在地上，提高嗓门预言了他的毁灭。

事实是他恶性的早熟令人不寒而栗。他五个月大时就常常大发脾气，以至于不可能咬清楚字眼，六个月大时我曾亲眼看见他咬坏一副扑克牌，七个月大时他就养成了抓扯和亲吻小女孩的习惯，八个月大时他就毅然决然地拒绝了在戒酒誓约上签字。就这样一个月接着一个月，他在邪恶的道路上越走越远，到他满一岁的时候，他不仅坚持要蓄胡须，而且染上了赌咒发誓的恶习，并用打赌的方式固执己见。

正是由于最后这个卑鄙下作的习惯，我所预言的毁灭最后终于降临到托比·达米特头上。那个习惯“随他成长而成长，随他健壮而健壮”，所以待他长大成人之后，他几乎是不打一个赌就说不出一句话。这并不是他真正下注打赌，绝不是。我得替我的朋友说句公道话，他要真正下注，保管彻底输光。对他来说打赌仅仅是一句套话，仅此而已。他在这一点上的言辞表达没有丝毫的意义。那些话很简单,如果并非全是虚词,一些用来完成句子的富有想象力的措辞。当他说“我和你赌什么什么”，从来没人想到接受他的打赌，但我仍然禁不住认为制止他是我义不容辞的责任。这是一个不道德的习惯，我这样告诉他。这是一个鄙俗的习惯，我请求他相信这点。社会一致反对赌博，在这点上我说的全是实话。国会明令禁止赌博，在这点上我绝对无意撒谎。我规劝告诫,但无济于事。我举例论证,但徒费口舌。我苦苦哀求，他一笑置之。我动情央告，他哈哈大笑。我晓之以理，他冷嘲热讽。我威胁恫吓，他诅咒发誓。我踢他，他叫警察。我扯他的鼻子，他趁机擤一擤，并与魔鬼赌他的脑袋，说我再也不敢劝他改邪归正。

贫穷是达米特的母亲特有的生理缺陷留给她儿子的另一种恶习。他穷得叮当响，而毫无疑问，这正是他打赌时闪烁其词而很少真正下注的原因。我不敢说我曾听到过他使用“我跟你赌一美元”这样的措词。他通常使用的措词是“我跟你赌你想赌的”，或是“我跟你赌你敢赌的”，或是“我跟你赌句废话”，要不然就还是那句更有实际意义的“我跟魔鬼赌我的脑袋”。

这最后一种赌注似乎最中他的意，这也许是因为他承担的风险最小，因为达米特已经变得非常吝啬。

万一有人接受他打的赌，他的脑袋本来就小，因而他的损失也就不大。不过这些仅仅是我的个人想法，而我不敢肯定我这样想他就是正确的。总之，那句话越来越成为他的口头禅，虽然把脑袋当作钞票来打赌极其不妥，但这一点是我朋友倔强的脾性不允许他去理解的。到后来他完全抛弃了其他形式的打赌，决心只说“我跟魔鬼赌我的脑袋”，他这种专一的顽强性和排他性使我感到的不快不亚于给我造成的惊奇。凡是我说不清原因的事都总使我感到不快。难以理解的事总逼着人去思考，而思考则有损健康。事实上，达米特先生在说出他那句无礼之言时脸上总有某种东西，他发音吐字方式中的某种东西。这在一开始还显得有趣，但后来却令我感到非常不安。由于眼下尚无确切的术语为这种东西命名，请务必允许我把它称为费解，不过柯尔律治先生会把它称为玄妙，康德先生会把它称为泛神，卡莱尔先生会称它为歪曲，而爱默生先生则会称它为超验。我开始完全讨厌那种东西。达米特先生的灵魂处于一种危险的境地。我决定要发挥我雄辩的口才去拯救它。我起誓要像爱尔兰编年史所记载的圣帕特里克为一只癞蛤蟆尽力那样为他尽力，这就是说“要让他清醒地意识到自己的处境”。我立即着手履行这项义务。我再一次对他进行苦口婆心的劝告，竭尽全力进行最后一次直言诤谏。

待我讲完我那通宏篇大论，达米特先生的态度显得非常暧昧。他一时间一声不吭，只是好奇地打量我的脸。但不久之后他就把头扭向一边，高高地扬起两道眉毛。然后他摊开手掌并耸了耸肩头。然后他眨了眨右眼。然后他用左眼重复同一动作。然后他把两只眼睛紧紧闭上。然后他把眼睛睁得老大，以至于我非常担心其严重后果。然后他用拇指顶住鼻端，并认为理所当然应该用其余指头做出一种难以形容的动作。最后他交叉起双臂，屈尊俯就地开始回答。

我只记得他那番回答的开头几句。如果我能闭上嘴他将对我不胜感谢。他并不需要我的忠告。他鄙视我那些拐弯抹角的暗示。他已经是成人，能自己照料自己。难道我依然把他当作三岁小孩？难道我唠唠叨叨是想改变他的天性？难道我想侮辱他？我是不是一个白痴？总而言之，我母亲是否知道我当时不在家？他见我是个老实人才向我提出那最后一个问题，他坚持要我就此问题做出回答。他再一次明确无误地要求我告诉他我母亲是否知道我外出。他说我的慌张使我露了馅儿，并说他非常乐意把脑袋押给魔鬼赌我母亲不知道我外出。

达米特先生没有给我回答的机会。他非常下流而轻率地转身离我而去。他那样做也许有他的道理。我的感情已受到了伤害。甚至我的怒火也已经开始中烧。我破天荒地第一次愿意接受他那个侮辱性的打赌。我宁愿替魔王撒旦赢下达米特先生那颗小脑袋，因为事实是，我母亲当时完全知道我那仅仅是短暂的外出。

不过 Khoda shefa midêhed（安拉解忧），就像伊斯兰教徒被人踩了脚时说的那样。毕竟我是在履行自己的义务时受到侮辱，我是作为一名男子汉蒙受耻辱。不过现在看来，我已经为那个可怜虫做了我能够做的一切，我决定不再用我的忠告去使他烦恼，而把他留给他自己和他的良心。但尽管我能克制自己不再用忠言去逆耳，可我完全不能放弃他的友谊。为此我甚至到了这样的地步，竟然迁就他某些并非完全不可饶恕的不良倾向；有几次我还发现自己被他的恶作剧逗笑，还像讲究饮食的人吃了芥末，眼里充满了泪水。听他那些邪恶的话语使我感到了深深的悲哀。

日丽风和的一天，我俩手挽手外出闲逛，道路把我们朝一条河的方向引去。河上有座桥，我俩决定跨桥而过。那是一座能遮风避雨的拱形廊桥，由于窗户不多，廊桥里黑乎乎的，黑得使人感到不安。一进桥廊，桥外的阳光明媚和桥内的阴沉昏暗所产生的对照顿时就使我感到精神极其压抑。可不幸的达米特没有那种感觉，他用他的脑袋跟魔鬼打赌，说我是患了忧郁症。他当时看上去心情异常地好，兴致格外地高，以至于我认为我并不知道有什么可不安的。他感染上超验症并非不可能。不过我对超验症的诊断不是很精通，尚不足以一针见血地马上确诊，偏巧当时桥头上没有一个我《日晷》[1]季刊的朋友。但我还是想到了这个念头，因为一种严重的小丑主义似乎迷住了我可怜的朋友，使他完全把自己变成了一个小丑。对出现在路上的任何物体，他都扭动着身子钻过去或跳过去；一会儿扯开嗓子，一会儿直着舌头，呼喊嘟哝着各种各样稀奇古怪的小字眼和大字眼，但一直保持着一副这世上最严肃认真的面孔。我实在拿不定主意到底是该踢他还是怜悯他。最后当我们就要穿过桥廊接近人行道之时，我们的去路被一道多少有点高的旋转栅门挡住。我像平常一样推动转门，从容通过。但这种过法并不符合达米特先生的过法。他坚持要跳过那道转门，并说他还能在空中来一个鸽子拍翅的舞步动作。凭良心说，我认为他不可能做到这点。在各种风格的鸽子拍翅的舞步动作中，跳得最好的是我的朋友卡莱尔先生。可据我所知，连他也做不到这一点，我不相信他做不到

1　以爱默生为首的超验主义者在波士顿创办的一份评论季刊（1840—1844）。

的会被托比·达米特做到。所以我就对达米特说了两句，我说他是一个吹牛大王，他不可能说到做到。我后来理所当然地为那番话感到悔恨，因为他马上用脑袋跟魔鬼打赌，说他能够说到做到。

虽然我早已做出不再劝他的决定，但当时我还是打算再说几句劝他改掉那恶习。我正要开口，突然听到我身边传来一声轻轻的咳嗽，听起来很像是在说“啊哼！”。我猛然一惊，抬眼环顾。最后我的目光落在桥廊的一个角落，看到了一位神态可敬的瘸腿小个子老先生。没有什么能比他的整个外表更令人肃然起敬，因为他不仅身着全套黑色丧服，而且他的衬衫纤尘不染，领子非常整洁地翻下压着一条白色领带，头发则像女孩子一样从前额向两边分开。他的双手忧郁地握在胸前，两眼小心翼翼地打量着他头顶上方。

我再一仔细观察，发现他那身小号丧服外面还系着一条黑色的丝绸围裙。而这是一件我认为非常古怪的事。但不待我对这一如此奇特的事件发表任何评论，他就用第二声“啊哼”阻止了我。

对这个意见我没有立即回答的思想准备。事实上对这种简洁得只有一个字眼的言论人们几乎难以回答。我就知道有一家评论季刊被“胡说八道”这个字眼搞得狼狈不堪。所以我并不为我求助于达米特先生而感到羞愧。

“达米特，”我说，“你在干什么？你听到了吗？这位老先生说‘啊哼！’。”我对我朋友这么说话时两眼严厉地瞪着他。因为实话实说，我当时非常尴尬，而当一个人非常尴尬的时候，他必须横眉倒立，怒目圆睁，要不然他看上去肯定会像个白痴。

“达米特，”我说，尽管这听起来很像是在诅咒[1]，仿佛除了诅咒我再没别的意思，“达米特，”我说，“这位老先生说‘啊哼！’。”

我无意在深奥这一点上为我的话辩护，我自己就不认为我的话深奥，但我一直注意到，我们的言词所表达的意思通常总是与那些言词在我们眼中的重要性成反比。假若当时我用佩克桑炮弹[2]猛轰达米特先生，或是劈头盖脑地给他大讲一通《美国的诗人与诗》，那他几乎也不可能比听到我这几句简单的话更显得狼狈——“达米特，你在干什么？你听到了吗？这位老先生说‘啊哼！’。”

“你不也这样说？”他终于喘息未定地开口了，就像一条刚被一艘战舰追得惊慌失措的海盗船，“你完全

1　人名“达米特”之英文原文是 Dammit，与 Damned（该死）读音相似。

2　法国将军亨利-约瑟夫·佩克桑（Henri-Joseph Paixhans，1783—1854）发明并以其名字命名的一种野炮之炮弹。

肯定他是那么说的吗？那好吧，无论如何我现在已是骑虎难下,那我最好还是装作心中有数,瞧我的。啊哼！”

那位小个子先生似乎对这一声“啊哼”非常满意，只有上帝知道是怎么回事。他离开了桥廊里那个角落，极其庄重地一瘸一拐走上前来，抓住达米特的手，诚挚地握了一阵，并一直用一种世人不可能想象的最宽厚仁慈的目光向上注视着达米特的脸。

“我相信这赌你一定能赢，达米特，”他带着一种最坦率的微笑说，“但你知道，我们不得不试一下，这仅仅是为了形式。”

“啊哼！”我朋友回答,随之一边叹气一边脱下外套,然后在腰间扎了一条手巾，然后眼角一扬，嘴角一沉，表情顿时起了一种奇怪的变化。“啊哼！”顿了一顿他又“啊哼”了一声。之后除了“啊哼”，我再也没有听他说出任何其他字眼。“啊哈！”我未露声色地暗暗想到，“这对托比·达米特真是难得的沉默，而这无疑是他先前太唠叨的结果。一个极端常常导致另一个极端。我真想知道他当时是否已忘记了我最后一次对他说教的那天，是否已经忘了他曾那么口若悬河地一口气向我提出一大堆我无法回答的问题。但不管怎么说，他的超验症现在是被治愈了。”

“啊哼！”这时托比应答道，仿佛他已经猜透了我的心思，他看上去就像一个正在沉思的老教徒。

此时那位老先生拉起他的胳膊，领他退到桥廊更阴暗之处，离开那道旋转栅门有好几步远。“我亲爱的朋友，”他说，“肯定是我的良心允许你多跑这几步。等在这儿，等我到栅门旁边去，以便我看清你是否跳得漂亮，跳得美妙，别忘了鸽子拍翅的花样。一个形式而已，你知道。我会喊‘一、二、三，跳’，请你一听到跳就跳。”老先生说完退到栅门旁边，停顿了一会儿，好像是在沉思，然后抬眼向上望了望，我认为他非常不引人注目地笑了笑，然后他紧了紧他那条围裙的束带，然后他长长地看了达米特一眼，最后他按照事先的约定喊出：

“一、二、三，跳！”

“跳”的声音未落，我可怜的朋友猛然起跑。那道栅门不算太高，就像洛德先生[1]的格调；也不算太低，就像洛德先生那些评论家的格调[2]。但从大体上看，我确信我的朋友能够跳过。可万一没跳过将会怎么样呢？啊，那倒是该考虑的问题，即使没跳过又有什么关系？

---

1 洛德（William W. Lord，1819—1907），美国诗人，曾被一些评论家捧为“美国的弥尔顿”。爱伦·坡于 1841 年 7 月在《格雷厄姆杂志》发表文章批评洛德，指责他抄袭他人的诗。

2 “栅门”英文原文为 stile，与 style（格调）读音相同，由此产生双关。

我说：“那位老先生有什么权力让另一位先生去跳？那个一瘸一拐的小老头！他是谁？如果他叫我跳我就不跳，绝对不跳，我并不在乎他到底是谁。”如我所说，那是一座拱形廊桥，其建筑风格非常荒谬，桥廊里总有一种令人不快的回声，一种我刚才说出最后几个字时越发清楚地听见的回声。

但我所言、所思或所闻都发生在顷刻之间。我可怜的托比起跑后还不足五秒钟已纵身一跳。我看见他跑得非常轻捷，从桥面跃起非常壮观，他上升时两腿在空中交叉出最美妙的花样，正好在栅门顶上来了个鸽子拍翅。我当然认为他没有趁势越过那道栅门是一件极其异乎寻常的事。但整个跳跃过程就发生在眨眼之间，我还来不及进行任何深刻的思考，达米特先生已直挺挺地落在了地上，是在他起跳的这边。与此同时，我看见那位老先生用他的围裙接住并包好了从那道栅门正上方的拱顶暗处重重地掉下来的一个东西，然后以他最快的速度一瘸一拐地离去。这一切令我大为惊讶，但我没有时间去思索，因为达米特先生躺在那儿一动不动，我断定他的感情已受到伤害，现在正急需我的帮助。我飞快地冲到他身边，发现他受到了一种可以称为严重的伤害。事实是他的脑袋不见了，我仔细地寻找了一番也未能找到。于是我决定送他回家，并叫人去请顺势疗法[1]医生。与此同时，一个念头闪过我的脑际，我猛然推开最近的一扇桥廊窗户，我顿时就明白了这场悲剧的真相。就在那道旋转栅门正上方5英尺处，横过通道上方的拱顶，一根扁平的铁杠以平卧状态伸延，以此构成支撑整个桥廊结构的一部分。看来非常明显，我不幸的朋友在越栅门时，脖子刚巧撞上了那根铁杠平展的边刃。

他可怕的伤势使他没挺多久，那些顺势疗法医生并没有给他开出多少药，而开出的那点药他又不愿服用。所以他变得越来越糟，最后终于一命呜呼，这对所有浪荡之徒都是个教训。我在他墓前流了一通眼泪，并在他的家族纹章盾牌上加了一道不祥的横杠，至于他葬礼的全部开销，我给那些超验论者送去了一张非常公道的账单。可那些卑鄙的家伙拒绝付账，于是我当即把达米特先生从墓中挖出，并把他卖掉作了狗食。

---

1 一种与“对抗疗法”相反的医疗措施，即让患者服用能使健康者产生该病症状的少量药物的一种疗法。

如何写布莱克伍德式文章

“以穆罕默德的名义——无花果！”

——土耳其小贩的叫卖声

我相信人人都听说过我。我就叫普叙赫·泽诺比娅小姐。我知道这是一个事实。除了我的敌人绝没有谁叫我萨基·斯洛比斯。我一直坚信萨基不过是普叙赫的讹误，而普叙赫是个美妙的希腊字眼，意思是“灵魂”（那就是我，我完全是灵魂），有时也指“蝴蝶”[1]，这后一个意思无疑是在暗示我穿上我那身崭新的鲜红缎袍时的模样，红袍配有天蓝色的阿拉伯式短披风，配有深绿色的搭扣装饰，并镶有七道橘黄色的报春花边。至于斯洛比斯，任何人只消看我一眼马上就会意识到我这个姓一点不势利。[2]塔比莎·特尼普小姐四处张扬说我势利，那纯粹是出于忌妒。塔比莎·特尼普

1 普叙赫（Psyche），希腊神话中灵魂的化身，通常被描绘成蝴蝶或有蝴蝶翅膀的少女形象。

2 “斯洛比斯”之英文 Snobs 意为“势利小人”。

的确是出于忌妒！哦，那个小坏蛋！不过，从一个萝卜那里我们能期望什么呢？[1]我真纳闷她是否记得那个关于“萝卜流血”的古老格言（夫人：一有机会就提醒她这一点……还有夫人，拉拉她的鼻子）。我说到哪儿了？哦！我一直坚信斯洛比斯只不过是泽诺比娅的讹误,而泽诺比娅是个女王[2]（我也是女王。莫理本利博士就总是叫我心牌女王），除了普叙赫，泽诺比娅也是个美妙的希腊字眼，而我父亲是希腊人，所以我有权用我的父姓,那就是泽诺比娅,这姓无论如何也不势利。除了塔比莎·特尼普没有人叫我萨基·斯洛比斯。我是普叙赫·泽诺比娅小姐。

正如我刚才所言，人人都听说过我。我就是那个因作为我们协会的通讯秘书而天经地义地被众人所知晓的普叙赫·泽诺比娅小姐，我们的协会叫“费城致力于文明人类正规交易茶叶纯文学宇宙实验文献总协会”。这个名称是莫理本利博士为我们取的，他说他选这个名称是因为它听起来响亮，就像个空朗姆酒桶。（莫理本利博士有时很俗气，但他很深沉。）我们都在我们的名字后附上协会名称的缩写，正如皇家艺术学

1 “特尼普”之英文 Turnip 有“萝卜”之义。

2 泽诺比娅（Zenobia），罗马帝国属下阿尔米拉殖民地女王。

会缩写成 R.S.A.，实用知识普及协会缩写成 S.D.U.K. 一样。莫理本利博士说 S.D.U.K. 中的 S 代表走了味的，而 D.U.K. 的意思是鸭子（但并不是），所以 S.D.U.K. 表示的是“走了味的鸭子”，而不是布鲁厄姆勋爵的“实用知识普及协会”。不过莫理本利博士是那么一个怪人，所以我从不敢肯定他何时讲的是真话。但不管怎么说，我们总是在我们的名字后面加上我们协会名称的缩写 P.R.E.T.T.Y.B.L.U.E.B.A.T.C.H.，这个缩写代表“费城致力于文明人类正规交易茶叶纯文学宇宙实验文献总协会”，一个字母代替一个词，这比起布鲁厄姆勋爵的协会名称缩写来是一个明显的改进。莫理本利博士总是说我们协会名称的缩写体现了我们的真正性质，但就是要了我的命，我也不明白他是什么意思。

虽然有莫理本利博士的鼎力相助，尽管协会为提高自身的知名度进行了不懈的努力，但直到我加入协会以后，协会才取得巨大成就。事实是，会员们过去沉迷于一种过分夸夸其谈的论风。每个星期六晚上读到的文章不是以深入透彻见长，而是以插科打诨著称。那些文章全都是搅得稀烂的乳酒冻，没有对事物本原的调查，没有对基本原理的研究，没有对任何事情的分析考证。文章压根儿不注意“事物的合情合理”这一要点。总之从未有过合情合理的妙文佳作。协会刊物整体上质量低劣，非常低劣！没有深度，没有学识，也没有形而上学。既无博览群书者所称的脱俗，也无不学无术者爱指责的“侃得”。（莫理本利博士说我应该把“侃得”写作“康德”，但我知道得比他清楚。）

我一加入协会便竭力引进一种更好的思维方式和写作风格，而人人都知道我已经取得多么大的成功。现在我们P.R.E.T.T.Y.B.L.U.E.B.A.T.C.H.所编写的文章甚至能同布莱克伍德先生那份杂志中的任何一篇媲美。我说布莱克伍德的杂志，因为我历来深信有关任何题目的最好的文章都出自那份理所当然地闻名遐迩的杂志。现在我们的所有文章都以那份杂志作为楷模，所以我们正在迅速地引起世人瞩目。说到底，只要方法得当，写出正宗的布莱克伍德式文章并非不可企及。当然，我不谈政治性文章，那种文章谁都知道如何炮制，因为莫理本利博士曾做过讲解。布莱克伍德先生有一把裁缝用的大剪刀和三名不离左右的门徒。一名门徒为他递《时报》，另一名递《考察家报》，而第三名则递一份《格利新俚语怪话摘要》，布莱克伍德先生只是剪接拼凑。那做起来很快，不过就是《考察》《摘要》《时报》，然后《时报》《摘要》《考察》，再就是《时报》《考察》《摘要》。

但那份杂志的主要优点就在于它五花八门的文章，

而那些文章的绝妙之处又在于被莫理本利博士称为“稀奇古怪”（这究竟是什么意思）而被一般人叫作扣人心弦的标题，这是一种我早就知道如何欣赏的作品，虽说只是在我最近（由协会委派）拜访布莱克伍德先生之后，我才弄明白这种文章的具体写法。这种写法非常简单，但也不是简单得像是在写政治性文章。当时我见到了布莱克伍德先生，向他转达了我们协会的请求，他非常礼貌地欢迎我，领我进到他的书房，并详细地向我讲解了那种文章的全部写作过程。

“我亲爱的女士，”他显然被我端庄的仪表迷住了，因为我当时穿的就是那身有深绿色搭扣和橘黄色花边的鲜红缎袍，“我亲爱的女士，”他说，“你请坐下。事情是这样的。首先，要写扣人心弦的文章，你们的作者得有很黑的墨水，还要有一支非常大非常秃的笔。请注意，普叙赫·泽诺比娅小姐！”他略为一顿，然后以一种最庄严的语气和最肃穆的神情继续道，“注意！那支笔，无论如何都不能修笔尖！小姐，奥秘就在这里，这就是扣人心弦之灵魂。我能非常有把握地说，从来没有人，无论多么伟大的天才，用一支好笔写出过好文章。你可以理所当然地认为，如果手稿能读，那文章一定不值一读。这是我们信念中的一个主要原则，若是你对这一原则不能欣然同意，那我们的会谈就算结束了。”

他停了下来。可我当然不希望会谈就此结束，于是我欣然赞同这一如此一目了然、其真实性又是我长期以来有充分认识的主张。他显得很高兴，并继续对我进行教诲。

“普叙赫·泽诺比娅小姐，若是我让你去读任何一篇或几篇文章，无论是作为样板还是为了研究，也许都会惹你反感；但也许我仍然要让你注意几篇范文。让我想想。那篇《活着的死者》真是妙极了！文章写一名绅士尚未断气便被埋进了坟墓，真实地记录了他在坟墓中的感觉，充满了经验、恐怖、情趣、玄学和博识。读者会发誓说那作者就生在坟墓里长在棺材中。还有那篇《一个鸦片服用者的自白》。妙，妙不可言！瑰玮的想象，玄妙的哲学，深刻的思索，充满了激情、疯狂和一种显然莫名其妙的高雅情趣。作品中有些精巧的胡言乱语，可人们读起来却津津有味。他们原来总认为那文章出自柯尔律治之手，但并非如此。那是我的宠物狒狒写的，当时它喝了一大杯加水的荷兰杜松子酒，‘热的，没加糖’。”（若不是布莱克伍德先生亲口讲述，我几乎不能相信有这种事情。）“然后是那篇《无意的试验者》，讲一名绅士被塞进炉里烘烤，结果他不但活着出来而且毫发无损，虽然他肯定有了一番变化。接下来是《一位已故医师的手记》，该篇的长处在于它高明的夸夸其谈和蹩脚的希腊语引用，这两点都很对公众的口味。其次是那篇《钟里的人》，顺便说一下，泽诺比娅小姐，向你推荐这篇作品我并无充分的根据。它讲的是一个年轻人的故事，他睡在教堂大钟的钟锤下，被一阵丧礼的钟声惊醒。那钟声使他发了疯，于是他铺开纸笔，记录下了他发疯后的感觉。总而言之,感觉非常重要。如果你曾被淹死过或吊死过，那你千万要把当时的感觉记下来，这样的记录一页就值 10 个金币。假若你想写得令人信服，泽诺比娅小姐，那你一定要密切注意感觉。”

“我一定注意，布莱克伍德先生。”我回答。

“很好！”他说,“我看出你是一个合我心意的学生。但我必须教你精通必要的具体方法，只有凭这些方法写出的文章才称得上是真正的布莱克伍德式文章，你将会理解我为什么认为无论从哪个意义上讲这种文章都是最好的。

“你要做的第一件事就是设法使自己陷入一种前人不曾陷入过的困境。譬如说掉进火炉，那将大受欢迎。但是，假若你身边既没有火炉也没有巨钟，假若你不能很方便地从气球上一跟头栽下，或是既不能被地震吞没，也不能被紧紧地卡在烟囱里，那你就必须用你的想象力去想象某种相似的灾难。不过我更希望你能有这类亲身经历作为证据。最有助于想象的莫过于自己的亲身经历。你知道，‘真实是奇妙的，比虚构还奇妙’[1]，而且效果更佳。”

我当即向他保证，我有一副非常漂亮的吊袜带，我将尽快地用它来上吊。

“很好！”他回答，“一定要那样去做，尽管上吊已略显陈腐。也许你能做得更新颖。譬如吞一瓶布兰德雷斯药丸[2]，然后给我们写出你的感觉。不过我的教导同样适用于其他各种各样的天灾人祸，你在回去的路上也许很容易头上挨一棍子，或被一辆公共马车碾过，或被一条疯狗咬伤，或是在一条水沟里淹死。但你得继续下去。

“一旦确定了题目，接下来你必须考虑的就是叙述的语气，或称叙述方式。说教语气、抒情语气和自然语气都已经显得是陈腔滥调。但还有简洁语气，或称敷衍语气，这种语气最近开始大量使用。它的关键在于短句。无论如何得用短句。再短也不算短。再急也不嫌急。只用句号。而且绝不要分段。

1　语出拜伦《唐璜》第 14 章第 101 节第 1—2 行。

2　布兰德雷斯药丸（Brandreth’s pills），一种泻药。

“然后还有高调冗长插入式语气。我们一些最优秀的小说家爱用这种语气。所用的字眼必须像陀螺一样回旋，造成一种非常相似的响声，其效果比意义更加显著。这是所有可用的语气中最好的一种，用这种语气写作的作家总是忙得没法思考。

“形而上学语气也是种好语气。要是你知道什么名词术语，那你正好派上用场。谈谈爱奥尼亚和伊利提克学派，说说阿克塔斯、高尔吉亚和阿尔克曼。讲讲什么客观与主观。千万别忘了讲几句洛克的坏话。别去理会普通的事，而当你不小心写下点悖谬之词，你不必劳神费力将其抹掉，而只需加上一条脚注，就说上述深刻见解你是得益于康德的《纯粹理性批判》，或者说受到其《自然科学的形而上学基础》的启发，这将使你显得学识渊博，而且坦率。

“还有其他各式各样的同样出名的叙述语气，但我再教你两种，超验语气和综合语气。用超验语气的优点在于远远比别人深入地看透事物的本质。如果运用得当，这种第二视觉效果极佳。稍稍读读《日晷》将使你获益匪浅。用这种语气得避免使用名词术语等大字眼，而尽可能地用小字眼，并尽量把话说得颠三倒四、乱七八糟。翻翻钱宁的诗并引用他那段关于一个‘有一副罐头盒般不可靠外貌的胖小男人’的话。插入几句有关天上那个独一无二的话。对地狱那个第二则只字不提。尤其重要的是学会拐弯抹角。凡事只可旁敲侧击，不可单刀直入。假如你觉得你想说‘涂奶油的面包’，那你无论如何也不能直截了当地把它给说出来。你可以说任何接近‘奶油面包’的东西。你可以含蓄地说荞麦饼，你甚至可以绕个大弯子说燕麦麦片粥，但是，假若奶油面包是你真想要说的东西，那你得当心，我亲爱的普叙赫小姐，不管怎样都不能说出‘奶油面包’！”

我向他保证，只要我一息尚存，我将不再说奶油面包。他吻了我并继续道：

“至于综合语气，那只是把全世界所有的语气按照一定的比例加以适当的混合，由此把所有深刻的、伟大的、古怪的、有趣的、恰当的、美妙的东西拼凑起来。

“现在让我们假定，你已经确定了要写的事件和要采用的语气。最重要的部分，实际上也是必须加以注意的整个写作过程的灵魂，用我的话说，就是填写。一位女士或一位先生不应该一辈子就生活在书堆里。然而最最重要的是，你又必须让你的文章有一股学贯古今的意味，或至少能证明你博览群书。现在我就来教你如何做到这一点。你看这儿！”（他摊开三四本看起来极普通的书，并随意将它们翻开。）“你翻开这世界上任何一本书的任何一页，都能马上发现一些或具有学识或富有才气的只言片语，这些只言片语正好为布莱克伍德式文章增添趣味。我给你读的时候你最好记下一些。我将把这些只言片语分为两类：一类是比喻所需的妙趣横生的细节，一类是必要时可用的妙趣横生的表达。现在开始记吧！”于是他念我写。

“比喻所需的妙趣横生的细节。‘诗歌女神最初只有三位，墨勒忒、谟涅墨和阿俄伊得，即沉思、记忆和歌唱。’如果加工得法，你可以就这个细节小题大做。你知道并非人人都熟悉这一细节，可它看上去会深受读者欢迎。不过你得小心，得让读者感觉到一种即兴创作的味道。

“再听。‘阿尔斐斯河从海底穿过，未伤其水之纯洁而浮出地面。’[1]这个细节固然已老掉了牙，但如果加以适当的修饰和发挥，它仍然可以显得面貌一新。

“这儿有个更好的细节。‘波斯的鸢尾草似乎对某些人具有一种美妙而浓烈的芳香，而对另一些人则全然无味。’美，异常精美！稍稍把它改造一下，它将产生奇迹般的效果。我们再来看另一种植物。没有比这

1 据希腊神话传说，河神阿尔斐斯（Alpheus）钟情于西西里水泉女神阿瑞图萨（Aretusa），化成一股水泉从伯罗奔尼撒半岛穿海而到西西里与其汇合。

更受欢迎的了，尤其是再用上其拉丁语学名。记吧！

“‘爪哇岛的附生兰开一种非常美丽的花，它被连根拔起也能生长。当地居民用绳子将它悬于室内，常年享受其馥郁芬芳。’这真是绝了！用来作比喻再适合不过。现在我读妙趣横生的表达。

“妙趣横生的表达。‘历史悠久的中国小说《玉娇梨》。’好！恰如其分地点出这么几个字眼，这将表明你熟稔中国语言文学。借助于这种表达，你也许能对付阿拉伯语、梵语或契卡索语。但是，文章中若不引用西班牙语、意大利语、德语、拉丁语和希腊语，则是万万不行的。我必须每种语言都给你找出个例子。任何一句话都行，因为你得依靠你自己的巧妙运用使之符合你写的文章。好，开始！

“‘Aussi tendre que Zaire’，像莎伊尔一般娇嫩，法语。暗用了人们常常重复的说法。娇嫩的莎伊尔，出自伏尔泰的同名悲剧。这种引用若恰到好处，不仅能显示你的语言知识，还能证明你的学问和机智。譬如你可以说你正在吃的那只鸡（假设你正在写一篇被鸡骨头卡死的文章）并不完全像莎伊尔一般娇嫩。听好！

Van muerle tan escondida,

Que no te sienta venir,

Porque el plazer del morir

No me torne a dar la vida.

“这是西班牙语，引自塞万提斯的《堂吉诃德》。‘快来吧，哦，死神！/但千万别让我看见你的来临，/以免我看见你时将感到的欢乐/会不幸地让我死而复活。’这几行诗你可以不露声色并非常妥当地用在你临死前痛苦挣扎之时，就是在被鸡骨头卡住之后。再记！

Il pover ’huomo che non se’n era accorto,

Andava combattendo, e era morto.

“这是意大利语，你已经听出，引自阿里奥斯托，意思是说一位伟大的英雄在战斗最激烈的时候没有意识到自己已经被杀死，所以他虽然死了仍继续英勇地战斗。显而易见，这非常适合你的情况，因为我确信，普叙赫小姐，在你被鸡骨头卡死之后，你不会不至少反抗一个半小时。请再写！

Und sterb’ich doch, no sterb’ich denn

Durch sie—durch sie!

“这是德语,引自席勒。‘假若我死去,至少我是——为你而死——为你而死！’不言而喻，你这是在用顿呼法称呼你那场灾难的原因,那只鸡。其实我倒真想知道,哪一位有理性的先生（或女士）不愿为一只表面涂着橘子冻、肚里填满驴蹄草和蘑菇、像一幅镶嵌画盛在色拉碗中端上来的纯种摩鹿加岛肥鸡而献出生命。记下！（你在托尔托利餐馆可吃到那种鸡。）再记！如果你愿意再记的话!

“这儿有一个精妙的拉丁文短语，也非常有趣，（拉丁文的引用越考究越简短越好，这种引用法正越来越普遍）ignoratio elenchi[1]。他犯了一个 ignoratio elenchi。这意思是说，他已经懂了你命题的字眼，但并不明白其概念。你看，这种人是白痴。当你被那根鸡骨头卡住时，你对其述说的就是这样一个可怜的家伙，所以他不能正确地理解你的意思。当面给他来一句 ignoratio elenchi，那你一下就把他镇住了。假若他胆敢还嘴，你可以用卢卡努斯这个说法（你看，在这儿）来告诉他，说他的话不过是 anemonae verborum——秋牡丹。那秋牡丹倒挺艳，就是不中闻。或者，假若

1　逻辑学术语：不当结论。

他开始发火，你可以劈头给他一句 insomnia Jovis——朱庇特的幻想，西利乌斯·伊塔利库斯（你看这儿！）曾用这个措词来形容华而不实的思想。这必定会伤透他的心。他除了倒下死去别无他法。请你继续往下记好吗？

“希腊语我们得引段美妙的话，譬如德摩斯梯尼的Ανερ ο φεογων και παλιν μαχεσεται。塞缪尔·巴特勒在其《休底布拉斯》中对这段话进行了很不错的翻译：

逃走的可以再次重返疆场，

死去的再也不能参加战斗。

“在一篇布莱克伍德式文章里，没有什么比得上你们的希腊语耐看。单是那些字母就显得奥妙无穷。你看，小姐，看看 ε 这副机灵相！ φ 肯定应该是个主教！难道还会有比 ο 更伶俐的家伙？你再好好看一看这个 τ！总之，对一篇真正写感觉的文章，希腊语是再妙不过了。就你眼下的情况而言，引用一句希腊语是天地间最明白不过的事。对那个一无是处、愚蠢透顶、听不懂你用浅显的英语说鸡骨头的家伙，你要用发誓的语调，以最后通牒的方式，严厉地说出德摩斯梯尼的那句话。他会有所领悟并知趣地离去，你可以相信这点。”

这些就是布莱克伍德先生就我提起的话题所能给予的教导，但我觉得这已完全够了。至少，我已经能够写出地道的布莱克伍德式文章，而且我决定马上动笔。在送我出门的时候，布莱克伍德先生提出买下我即将去写的文章；但由于他只能出50金币一页，我想与其为这么点蝇头小利而牺牲一篇佳作，还不如将稿子留给我们协会。虽说稿酬开价吝啬，但那位绅士在其他所有方面都表现出他对我的体贴，对待我真是做到了礼仪周全。他临别的一番话给我留下了深刻的印象，我希望我将永远怀着感激之情把他那番话铭记在心。

“我亲爱的泽诺比娅小姐，”他说话时眼睛里闪着泪花，“为了促使你可歌可泣的事业成功，我还能替你效什么力吗？让我仔细想想！只是有这种可能，你不能够又快又省事地把……把……把你自己淹死，或是……被一块鸡骨头卡死，或是……或是吊死，或……被一条狗……狗！有了！现在我想起来了，这院子里就有两条非常优秀的看门狗。好狗，我向你保证，凶猛无比，几乎像野狗。事实上这正合你的心意，它们可以在5分钟内把你吃掉（这是我的表！），连你缎袍上的报春花边也不剩，剩下来你就只消去思考你的感觉了！喂！我说，汤姆！彼得！迪克！你这个家伙！

把那两条狗放……”但由于我的确十分着急，不能再耽误一分一秒，于是我极不情愿地匆匆告辞，并马上离开了那个地方。我承认，若按严格的礼节，我走得是有点仓促。

告别布莱克伍德先生之后，我要做的第一件事就是依照他的忠告尽快使我陷入困境，抱着这一目的，我那天的大部分时间都在爱丁堡街头徘徊，寻找能置人于死地的危险，足以使我感情激烈的危险，适合我要写的文章特点的危险。在街头漫游时，陪伴我的有我的黑人随从庞培和我的小卷毛狗狄安娜，都是我从费城带来的。然而，直到那天下午日近黄昏之时，我艰巨的事业才算获得了圆满的成功。一个重大事件终于发生。下面这篇用综合语气写成的布莱克伍德式文章就是该事件的经过和结果。

绝　境

是什么意外，美丽的小姐，使你像这样香消玉殒？

——弥尔顿《科摩斯》

那是一个宁静平和的下午，我漫步在美丽的爱丁纳城街头。大街上充满了嘈杂与喧哗。男人们喋喋不休。女人们吵吵嚷嚷。孩子们哭哭啼啼。猪仔在嚎叫。

马车声辚辚。公牛在怒吼。母牛在低哞。辕马在嘶鸣。猫在叫春。狗在跳舞。跳舞！这可能吗？跳舞！唉，我想，我跳舞的日子已经结束！就那样一去永不复返。多少阴沉的记忆总是常常被唤醒在我具有才华、富于想象、善于沉思的心中，这颗心尤其具有这样一种天性，它注定要受到无穷的、永恒的、连绵的，有人也许会说剪……对，剪不断理还乱的、痛苦的、忧愁的、恼人的、请允许我说非常恼人的宁静的影响，注定要受到那种可以被称为这世上最令人欣慕的……不！最美不胜收的、最婉妙绰约的，也许还可以说最最俊俏的（请允许我如此冒昧地这样表达）事物的影响（请原谅我，亲爱的），但我这是情不自禁。我再说一遍，在这样一颗心中，一丁点小事就可以唤醒多少的回忆！狗在跳舞！我，我却不能！他们嬉戏，我却哭泣。它们欢跃，我却呜咽。多么伤感的情景！而此情此景不会不使古典派读者触景生情地联想起那段幽雅细腻的描写，那段描写可在美妙绝伦且历史悠久的中国小说《长亭送别》第3部的卷首找到。

当我孤独地穿行在那座城市，我有两位卑微但忠实的伴侣相随。狄安娜，我的卷毛狗！最可爱的动物！它有一身遮住了一只眼睛的长毛，脖子上时髦地系着一根蓝色绸带。狄安娜身高至多5英寸，但它的脑袋比身子稍大一点儿，它的尾巴被剪得极短，这赋予它一副受了委屈的天真模样，使它看上去真是人见人爱。

庞培，我的黑伙伴！可爱的庞培！我怎能把你忘怀？我当时就拉着庞培的手臂。他身高只有3英尺（我喜欢独特），年龄大约是70岁或80岁。他有一双罗圈腿，人长得也肥胖。他的嘴巴不能说小，耳朵也不能说短。然而，他的牙齿像一粒粒珍珠，他又大又圆的眼睛是美丽的白色。造物主没有赋予他脖子，并且让他的脚脖子（像他那个种族的人一样）长在脚背上。他的衣着朴素得引人注目。他唯一的装束就是一条9英寸的硬领巾和一件八成新的淡褐色厚呢大衣，那件大衣从前的主人是高大魁梧、赫赫有名的莫理本利博士。那是一件漂亮的大衣，裁剪考究，缝制精良。大衣几乎还是新的。庞培用双手拽住衣边，以免粘泥。

我们一行三位，而前两位已经介绍过了。还有第三位，那第三位就是我。我是普叙赫·泽诺比娅小姐。我不是萨基·斯洛比斯。我仪表端庄。在我所叙述的那个难忘的时节，我穿着一件鲜红色的缎袍，并配有天蓝色的阿拉伯式短披风。缎袍有深绿色的搭扣装饰，并镶有七道橘黄色的报春花边。我就那样成为三人行的第三位，我们有卷毛狗，有庞培，还有我自己。我们是三位。因此据说复仇女神最初只有三位，墨耳提、尼密和赫蒂，即沉思、记忆和演奏。

倚靠着漂亮的庞培的胳膊，由狄安娜恭敬地左右相随，我沿着爱丁纳如今已清冷萧索但当年却车水马龙的街道继续前行。突然，一座教堂进入我的视线。一座哥特式大教堂，巍峨宏大，历史悠久，有一座高耸入云的尖塔。当时是什么疯狂把我攫住？我为何匆匆扑向我的命运？我心里产生了一种难以抑制的欲望，要登上那座高塔去俯瞰全城的美景。教堂的门诱人地开着。命运之神驱使着我。我钻进了那凶多吉少的拱形门洞。那我的保护天使当时在哪里？如果真有那样的天使。如果！多可怜的回答！在那两个字眼里包藏了一个多么神秘莫测、意味深长、波谲云诡、变幻不定的世界！我钻进了那凶多吉少的拱形门洞！我进去了，没有损伤我的橘黄色报春花边。我从门洞下穿过，浮现在教堂的前庭！因此人们说宽阔的阿尔福瑞德河未受损伤、未被弄湿地穿过了海底。

我觉得那旋梯一定没有尽头。旋梯！是的，它往上旋啊，旋啊，旋啊，直旋得我忍不住猜想，和有远见卓识的庞培一道，当时我出于对早年感情的信任而放心大胆地倚靠着他坚实的臂膀，我忍不住猜想那漫长旋梯的上端一直在偶然地或是故意地向上延伸。我停下来喘气，就在这时，一个事件，一个无论以伦理学还是形而上学的观点来看都性质严重的事件显出了即将悄悄发生的苗头。在我看来，其实我对那个事实深信不疑，我不可能弄错。不可能！我已经小心翼翼且忧心忡忡地把狄安娜的举动观察了一阵，我说我不可能弄错，狄安娜闻到了一只老鼠！我马上叫庞培注意这个情况,他同意我的判断。这下再也没有理由怀疑。那只老鼠已被闻到，被狄安娜闻到。天哪！我怎能忘记当时的那种激动？唉！人类自夸的才智到底为何物？那只老鼠！它就在那儿，也就是说它就藏在什么地方。狄安娜闻到了老鼠。而我，却未能闻到！所以人们说普鲁士的莲花对某些人具有一种美妙而浓烈的芳香，而对另一些人则全然无味。

旋梯已经被征服，现在塔顶与我们之间只剩下三四级阶梯。我们继续攀登，只有一步之遥了。一步！短短的、小小的一步！在人生这架巨大的旋梯上，多少幸福或苦难往往就在于这么小小的一步！我想到了我自己，然后想到庞培，然后想到了笼罩着我们的神秘莫测的命运。我想到了庞培！天哪，我想到了爱！我想到了曾经迈出过、今后还可能再迈出的许多错误的一步。我决定今后要格外小心、格外谨慎。我放弃了庞培的臂膀，并在没有他帮助的情况下征服了剩下的最后一步，抵达了塔顶的钟楼。我的卷毛狗也随我之后登上了塔顶。庞培一个人拖在了后面。我站在旋梯顶端，鼓励他往上攀登。他向我伸来求援的手，不幸的是这样一来他就被迫松开了他一直紧紧拽着的衣边。神祇们难道从不停止他们对人的迫害？大衣往下垂落，庞培的一只脚踩住了拖拽下来的长长的衣边。他一个趔趄朝前栽倒，这后果是不可避免的。他朝前一栽，他那该死的头正好撞在我怀里，使我和他一道摔在了钟楼坚硬的、肮脏的、可恶的地板上。但我的报复是肯定的，突然而彻底。我愤怒地用双手抓住他的黑鬈发，扯下了一大绺那种又黑又脆又卷的东西，并带着明显的轻蔑往下一抛。头发掉在钟索之间并停留在那儿。庞培从地上爬起来，一声没吭，只是用那双大眼睛可怜巴巴地望着我，叹了口气。天神做证，那声叹息，它深入我的心房。那绺头发，那黑色鬈发！如果我能够得着的话，我一定会用我的眼泪把它沐浴，以证明我的深深忏悔。可是，唉！它此刻远在我伸手不可及的地方。由于它在钟索间飘拂，我想象它依然还有生命。我想象它正愤怒地竖立着。正如人们所说，爪哇岛的附生兰开一种非常美丽的花，它被连根拔起仍然能活。当地居民用绳子将它悬于室内，常年享受其馥郁芬芳。

我和庞培已言归于好，我们四下张望，想找一个能俯瞰爱丁纳城的窗孔。幽暗的钟楼没有窗户，唯一的光源来自一个离地面大约7英尺高、1英寸见方的方洞。然而，对于真正有才华的人，什么目的不能达到？我决心攀到那个洞口。一大堆转轮、齿轮和其他模样神秘的机械装置就对着那个方洞而设立，一根铁棒从机械堆里伸出那个方洞。机械堆与有方洞那道墙之间勉强能容下一个人的身子，但我已孤注一掷，决心不达目的誓不罢休。我叫庞培来到我身边。

"你看那个洞，庞培。我想从那儿俯瞰全城。你就站在这个洞下边，就这样。现在，伸出一只手，庞培，让我站在上面，就这样。现在，另一只手，庞培，我可以踩着你的手爬上你的肩头。"

庞培照我的话做了。我发现，站在他肩头上我能轻而易举地把头和脖子伸出那个方洞。景色真美。天底下不会有比这更壮丽的景色了。我只是稍稍停下来吩咐狄安娜安分一点，并向庞培保证我会非常小心，会尽可能轻地站在他肩上。我告诉他我会顾及到他的感情，像牛排一样娇嫩的感情。公正地安顿好我忠实的朋友之后，我便怀着极大的兴趣和热情开始欣赏那番慷慨地展现在我眼底的美景。

不过我会忍住不详谈这一点。我不必把爱丁堡描述一番。人人都去过爱丁堡，历史上有名的爱丁纳。

我将只叙述我自己那场可悲可叹的冒险中的重要细节。多少满足了自己对那座城市的大小、处所和概貌的好奇心之后，我又从容地打量我所在的那座教堂及其塔楼尖顶美妙的建筑。我注意到我把头伸出去的那个方洞原来是一个巨钟钟面上的小孔，从下面街道上看，它肯定像个大钥匙孔，就像我们在法国表表面上所看到的一样。毫无疑问，这方孔的真正用途是让教堂杂役在必要时可以从钟楼里伸手调整钟表的指针。我还吃惊地注意到那些指针很大，最长的那根不会短于 10 英尺，最宽之处有七八英寸。指针显然是用钢做的，它们的边刃看起来很锋利。观察过这些和其他一些细节之后，我又把目光投向身下的壮丽景色，很快就沉浸在我的眺望之中。

过了一会儿，庞培的声音把我从沉思中唤醒，他宣称他再也不能承受，并请我从他肩上下来。这真不近情理，我费了一番口舌把这道理讲给他听。但他的回答显然完全误解了我命题的概念。于是我生气了，坦率地告诉他他是一个白痴，他犯了一个 ignoramus e-clench-eye，他的见解不过是 insommary Bovis，而他的话比 an enemy-werrybor’em[1] 好不了多少。这下他心满意

1　这三个原文短语乃对上文中三个拉丁文短语之英语腔十足的模仿，结果造成讹谬，以致引起下文中庞培的误解。

足了，我又继续放眼眺望。

大约在那场口角半小时之后，当我正深深沉醉于那天堂般的美景，我突然吃惊地觉得一个冰凉的东西轻轻地压在我的后颈上。不用说我感到了一种难以形容的恐惧。我知道庞培就在我脚下，而狄安娜正遵照我明确的指示蹲在钟楼最远的那个角落。那这冰凉的东西会是什么呢？天哪！幸亏我发现得早。我把头轻轻一侧，胆战心惊地发现，那正在时间轨道上运行的巨大的、亮晃晃的、刀一般的分针已经架在我的脖子上。我知道一分一秒也不能耽搁，赶紧把脖子往后一缩，但为时已晚。我的头已陷入那可怕的陷阱，退出来已经毫无希望，而那陷阱的井口正以难以想象的可怕速度合拢。当时那种痛苦真无法形容。我使尽全身力气用双手去举那沉重的铁棒。我说不定是试图把教堂也一并举起。往下，往下，往下，那分针把洞口封得越来越小。我尖声呼喊庞培帮忙，可他说我刚才称他为“一双无知而歪曲的老眼睛”已伤了他的感情。我又向狄安娜求救，但它只“汪汪”叫了两声，意思是说我已经指示过它无论如何也不能离开那个角落。于是我不能指望同伴的救援。

与此同时，那柄沉重而可怕的时间的镰刀（我现在发现了这个古典成语实实在在的含义）并没有停止，也不像会停止它的行程。它仍然在一点一点地往下压。它那锋利的边刃已切入我脖子整整1英寸，我的感受变得模糊而混乱。我一会儿觉得自己正在费城与堂堂的莫理本利博士在一起，一会儿又觉得自己正在布莱克伍德先生的后客厅聆听他千金难买的教诲。紧接着，从前那些美好甜蜜的时光又浮现在眼前，我回忆起了那些快乐的日子，那时候这个世界还不全是一片荒原，那时候庞培还没有这么残酷。

那机械装置的嘀嗒声使我觉得有趣。我说有趣，因为此时我的感觉已接近极乐，所有最微弱的响动也能给予我乐趣。时钟那永恒的嘀嗒、嘀嗒、嘀嗒、嘀嗒在我耳里就是最动听的音乐，它甚至使我偶然想到奥拉波德博士[1]的感恩布道演说。接着钟面上出现了许多身影，他们都显得那么聪明，那么富有才智！现在他们开始跳马祖卡舞，而我认为跳得最合我心意的是身影V。她显然是一位有教养的女士。一点没有你们那种装腔作势，她的舞姿也毫不卖弄风情。她的单足旋转真是出神入化。她踮起脚尖旋转。我努力去为她搬椅子，因为我看出她似乎已跳累了，直到这时我才

---

1 奥拉波德博士是英国剧作家小科尔曼（George Colman the Younger，1762—1836）所著喜剧《可怜绅士》（*The Poor Gentleman*，1802）中的人物。

完全意识到我可悲可叹的处境。的确可悲可叹！那分针切入我的脖子已有2英寸深。它使我感到了一种妙不可言的疼痛。我祈求一死，而在这痛苦的时刻，我忍不住背诵起西班牙诗人塞万提斯那几行美妙的诗句：

快来吧，哦，死神！
但别让我看见你来临，
以免我见到你时的欢乐
会不幸地让我死而复活！

可现在又出现了一种新的恐怖，事实上这恐怖足以惊骇最坚强的神经。由于那指针毫不留情的压迫，我的眼珠已完全从眼窝里凸出。我正在思考我失去它们之后将如何应付，一只眼珠已从眼窝跳出，顺着塔楼陡斜的外墙，滚进了沿教堂主建筑屋檐延伸的雨槽之中。与其说是我失去了那只眼睛，倒不如说是那只眼睛获得了独立，它现在就以获得独立后的傲慢而轻蔑的眼神望着我。它就躺在我鼻子下的雨槽里，它那副傲慢的神情如果说不上令人作呕，至少也显得滑稽可笑。以前从不曾见它那么眨动过。它这种行为不仅因其明显的目中无人和可耻的忘恩负义而使我恼怒，而且还因为从前两只眼睛无论相隔多远但毕竟同存于一个脑袋时就形成的那种交感而使我感到极不方便。现在我不管愿意不愿意都只得多少眨一眨眼睛，以便与躺在我鼻子底下的那个下流坯保持协调。不过随着另一只眼珠的下落，我终于从这种尴尬中解脱了出来。这只眼珠选择了它同伴的那个方向滚去（可能早有预谋）。两只眼珠会合后一起滚出了雨槽，实际上我非常高兴能摆脱它们。

现在那指针切入我的脖子已有 4 英寸半深，脖子上只剩下一层皮还连着脑袋。我的感觉已经是全然的快乐，因为我意识到最多再有几分钟我就可以从这令人极不舒服的处境中解脱出来。而我这个希望果然没有落空。当天下午 5 点 25 分，那巨大的分针按部就班地切断了我脖子最后那点儿连接部分。看见曾使我如此窘迫的脑袋最终与身体分离，我并不感到难过。脑袋先是顺着塔楼外壁滚动，接着在雨槽中停顿了几秒，最后一蹦掉到街当中。

我得坦率承认，我当时的感觉具有一种最独特、最玄妙、最复杂而且最莫名其妙的性质。我的感觉同时既在这儿又在那儿。我一会儿用我脑袋想，我脑袋是真正的普叙赫·泽诺比娅小姐；一会儿我又决定，我身体才是自己的正身。为了理清我对这一命题的概念，我伸手去口袋里掏鼻烟盒，但当我掏出鼻烟盒，准备按平常的方式使用一小撮令人愉快的烟末时，我一下子就意识到了我与众不同的缺陷，并马上把鼻烟盒抛给了我的脑袋。它非常满足地吸了一撮，然后冲我一笑表示感谢。接着它对我讲了一番话，但由于没有耳朵我听得不甚清楚。不过我基本上听出它是说它非常惊讶我在这种情况下居然还有活下去的愿望。它最后引用了意大利诗人阿里奥斯托那两行高贵的诗：

那不知已被杀的可怜的人哟，
英勇牺牲后还在奋勇杀敌。

以此把我比作诗中那个英雄，那英雄在激烈的战斗中没有意识到自己已经死去，仍以不灭的勇气继续战斗。现在没有什么能阻止我从高处下来，于是我回到了钟楼地面。我一直都无从知晓庞培从我的模样中看到了什么奇异之处。他当时咧开他那张大嘴，把眼睛闭得紧紧的，仿佛是要用上下眼皮来夹破胡桃似的。最后他丢下大衣，跃向旋梯，随即消失了。我冲着那个恶棍抛去了德摩斯梯尼那句有力的诗：

安德鲁·奥菲勒格森，你果然匆匆而逃。

然后我转向我最最心爱的、只有一只眼睛的、长毛蓬松的狄安娜。天哪！我眼前是一幅多么可怕的景象！那在洞口躲躲闪闪的难道是只老鼠？这些碎片难道就是被那鼠魔残忍吃掉的小天使的残骨？天哪！我到底看见了什么？难道那真是我心爱的卷毛狗飘逝的亡魂、阴魂、幽魂？可我还以为它正优雅地蹲在墙角。听！它在说话，天哪！它在用德语念诵席勒的诗句：

Unt stubby duk, so stubby dun

Duk she! duk she!

天哪！难道它说的不是事实？

假若我死去，至少我是

为你而死——为你而死。

可爱的小狗！它也为我而牺牲了它自己。没有了狗，没有了黑人，没有了脑袋，现在不幸的普叙赫·泽诺比娅小姐还剩下什么？天哪，什么也没剩下！我已经完了。

为什么那个小个子法国佬的手悬在吊腕带里

毫无疑问，从我那些用粉红色锻光纸印的名片上，任何想看的绅士都会看到这些有趣的字眼：“布卢姆兹伯里区，罗素街区，南安普敦路39号，帕特里克·格兰迪森爵士，准男爵。”而若是你正想发现谁是彬彬有礼的化身，谁是全伦敦上等人中的典范，那当然正好是我[1]。相信这种事一点儿也不奇怪（所以请不要再做鬼脸），六个星期以来，我每分每秒都是个绅士，告别了爱尔兰沼泽地的日子，开始过准男爵的生活，活得像个十足的皇帝，发号施令，享受特权，这个人就是帕特里克。啊！如果你能用你的两只眼睛盯住帕特里克·格兰迪森爵士，看他衣冠楚楚去参加舞会，看他

1 这位格兰迪森爵士恰好与英国作家理查逊的长篇小说《格兰迪森》（*The History of Sir Charles Grandison*，1754）中的主人公同姓，而那位格兰迪森爵士则是理查逊塑造的绅士典范。

钻进马车去海德公园，这对你来说难道不是一件令心情愉悦的事？我有一副高大而优雅的身材，而正是因为这个原因，所有女士对我都一见钟情。难道我魁梧的身体现在不是有6英尺高，穿上鞋还要高出3英寸，而且匀称得无与伦比吗？不管怎么说，难道比起住在街对面那个小个子法国佬（但愿他倒霉）我不真的高出3英尺还多吗？可他居然整天转着一双贼溜溜的眼睛，死死盯住我隔壁那位漂亮寡妇，我最特殊的朋友和熟人特拉克夫人（愿上帝赐福于她）。你现在看见那小个子家伙多少有点儿垂头丧气，而且他的左手悬在吊腕带里。为什么会这样？对不起，我正打算告诉你他为何这样。

整个事情的真相其实很简单。当我第一天从爱尔兰的康诺特来到这儿时，当我优雅的身躯第一次出现在那条大街上时，正倚窗眺望的漂亮寡妇特拉克夫人一眼就看见了我，这顿时就令她芳心摇曳，失魂落魄。要知道，我一下子就感觉到了这点，没错，那可是千真万确的事。首先是那扇窗户当即大开，接着是她把两只眼睛睁到圆得不能再圆的程度，然后她飞快地将一个小小的金质单管望远镜凑到一只眼前，要是那只眼睛对我说的话不是眼睛能说清的，那让魔鬼烧死我好啦。它当时通过望远镜对我说："哦！早上好，帕特里克·格兰迪森爵士，我亲爱的。你无疑是一个漂亮的绅士，我非常乐意侍候你，亲爱的，随时准备听候你的吩咐。”我不是那种会被你斥为不懂礼貌的人，所以我向她鞠了一躬，你要是看见那个鞠躬说不定也会心碎。然后我摘掉我那顶华丽的帽子，接着我就使劲儿朝她眨动两只眼睛，仿佛是对她说：“你说得不错，特拉克夫人，你是个可爱的小东西，亲爱的，如果我帕特里克·格兰迪森爵士这纯正的伦敦式眨眼不是在向你求爱，那但愿我被淹死在沼泽地里。”

那是第二天上午，肯定是的，我正在考虑给那位寡妇写封情书送去是否礼貌，这时一个信差送来了一张漂亮的名片，他告诉我那名片上的名字（因为我是个左撇子，对铜版印刷体从来就无从辨识）是一位先生，一位伯爵、一个傻瓜、一个笨蛋、一个法国佬，那串稀奇古怪的字眼就是住在街对面那个法国小老头长长的名字。

刚说到这儿那个小个子法国佬登门来了，他朝我欠了欠身子，说他不揣冒昧前来拜访是为了向我表示敬意，然后他就东拉西扯、海阔天空地说个没完，而他到底要向我说些什么我可是差不多都没听明白，除了他说“别吱声，听着”，然后就从一堆废话中说出了他是个不幸的人，他疯狂地爱着我那位寡妇特拉克夫人，我的寡妇特拉克夫人对他有一种魔力。

听他说出这些，你可以绝对相信，尽管我气得像一只蚱蜢，但我还记起自己是帕特里克·格兰迪森爵士，想到怒而忘礼很不绅士风度，于是我息事宁人，保持沉默，与那个小个子家伙友好交谈。过了一会儿，他邀请我随他一道去那个寡妇家，说他很乐意时髦地把我介绍给那位尊敬的夫人。

“你要去那地方吗？”我心中暗想，“你说得不错，帕特里克，你是这世间最幸运的人。我们很快就会看到，那个特拉克夫人爱的到底是你还是这个小个子法国佬先生。”

于是我们动身去隔壁那位寡妇的家，你完全可以说那是一个优雅的地方。的确如此。整个房间地板被一张地毯铺满，房间的一角有一盆龙胆草、一株吊兰和另外一种魔鬼才叫得出名儿的植物，另一角有一张最最漂亮的沙发，而毫无疑问，坐在沙发上的就是那位可爱的小天使特拉克夫人。

“上午好，特拉克夫人。”我说，以一种说不定会令你大惑不解的优雅和恭顺。

“别吱声，听我说，注意礼节，”那个小个子法国佬吩咐我，然后介绍说，“真的，特拉克夫人，这位绅士难道不是尊敬的帕特里克·格兰迪森爵士，不正是我在这个世界上最特殊的朋友和熟人？”

于是那位寡妇从沙发上起身，行了一个前所未有的最优雅的屈膝礼，然后又像天使一般重新坐下，而那个小个子法国佬则趁势使尽全身力气一屁股坐到了她的右手边。哦，天哪！我还以为我的两只眼睛会当场迸出，因为我气得怒目圆睁！然而，怨谁！“你要坐那地方吗，法国佬先生？”过了片刻我才说，随即坐到那位夫人的左手边，以示对那个家伙的报复。真讨厌！你要是瞧见我对着她的脸使劲而优雅地挤眉弄眼，那对你的心脏会有好处。

但那个小个子法国佬没起一丝半点的疑心，他坚定不移地认为是他在向那位尊敬的夫人求爱。“别吱声。”他说。“听着。”他说。“注意礼节。”他说。

“你说也没用，我亲爱的法国佬先生。”我心中暗想，开始尽可能滔滔不绝、口若悬河地打开了话匣子，结果使那位夫人高兴的始终是我，因为我与她之间高尚的谈话一直是关于康诺特那些可爱的沼泽地。不久，她给了我一个甜蜜的微笑，她的嘴粲然咧开，这使我勇敢得像一头猪，于是我用最脱俗的姿势一把捉住了她的小手，翻着两只白眼直瞪瞪地盯住她。

这下你可以看到那可爱的天使有多聪明伶俐，因为她一发现我在捏她的手，马上就把手抽开，藏到了身子背后，这等于在说：“得了，格兰迪森爵士，这不是时候，我亲爱的。当着这个小个子法国佬的面捏我的手，这可不是一件雅观的事。”

于是我使劲儿对她眨了眨眼睛，用眼神告诉她：“就让格兰迪森爵士一个人表演这种把戏吧。”这下我放心大胆地行动，而你要是看见我是如何巧妙地把右臂偷偷滑到那位夫人的身子背后，那你说不定到死也忘不了，毫无疑问，我在那儿找到了一只可爱的小手，它正等着说：“上午好，格兰迪森爵士。”难道不正是我实实在在地给了那只小手全世界最轻柔的一捏，而且从一开始对那位夫人并不太冒犯吗？唉，真讨厌，难道我没有得到作为回报的最温柔最美妙的一捏吗？“真够刺激，我亲爱的格兰迪森爵士，”我心中暗想，“相信这正是你自己，而不是其他任何人，这是那个来自康诺特的漂亮而幸运的爱尔兰青年！”想到这儿我使劲儿捏了捏那只小手，而那位夫人也用力一捏作为回答。不过这时你要是看见那个小个子法国佬想入非非的行为，那你一定会笑破肚子。那种行为可真是见所未见，闻所未闻，他居然以一种急促不清的声音、一种皮笑肉不笑的表情，窘迫不安地开始向那位夫人求婚；而我若是没有目睹他用一只眼睛向她暗暗使眼色，那就让魔鬼把我烧死。哦，天哪！如果当时气得像只基尔肯尼猫[1]的不是我，那我倒真想知道那人是谁！

---

1 基尔肯尼是爱尔兰东南部一小镇。“基尔肯尼猫”比喻打起架来不顾死活的人。

“让我告诉你，法国佬先生，”我用世人所知晓的最彬彬有礼的姿态说，“你的眼珠子以那种方式向一位尊贵的夫人转动，这无论如何也是不礼貌的行为。”我一边说一边又捏了那只小手一把，以此告诉她，“你看，我亲爱的，现在能保护你的不正是格兰迪森爵士？”于是那只小手又捏回了一把作为回答。“你说得对，格兰迪森爵士，”一只小手能把话说得有多清楚，那一捏的意思就有多清楚，“你说得对，我亲爱的格兰迪森爵士，你真是一个优雅而高尚的绅士，这是千真万确的事实。”这时她把一双美丽的眼睛睁得那么圆，以至于我以为它们会从眼窝里凸出来，她先像一只愤怒的猫打量了一下法国佬先生，然后明白无误地朝我嫣然一笑。

“那么，”法国佬说，“哦，天哪！别吱声，听着。”然后他垂下了双肩，露出了头顶，接着他的嘴角也耷拉下来。当时我恨不得自己能赶走这个家伙。

请相信我，我亲爱的读者，当时是格兰迪森爵士勃然大怒。我尤其不能容忍那个法国佬不住地朝那位寡妇眨眼睛；而当时那位寡妇正在捏我的手，好像是对我说：“再治治他，亲爱的格兰迪森爵士。”于是我开始破口大骂。

“你这个沼泽地的牛蛙崽！你这只小小的法国青蛙！”可你猜当时那位夫人怎么样了？她好像是被咬了

一口似的呼地从沙发上一跃而起，急急出了房门，而我则掉过头来，不知所措地望着她的背影。你看得出我自有理由知道她不可能真下楼去，因为我心里非常清楚，我还捏着她一只手呢，而且我当时一点儿也没松开。于是我说：

“尊敬的夫人，难道你不正在犯一个人世间最微小的错误吗？回来吧，我这就松开你的手。”可她早就像离弦之箭一般飞快地下楼去了，于是我转过头来看那个小个子法国人。哦，天哪！假如捏在我手中的不是他那只小爪子……那么……那么就不是……这下全完了。

见那小个子终于发现他一直紧紧握住的不是那位寡妇的手，而是格兰迪森爵士的手，笑得要死的也许并不只是我。那老家伙绝没有看见当时他的脸有多长！至于格兰迪森爵士，像他那种高贵的人从来不在乎这种微不足道的纰漏。你也许能看见（上帝做证是真的），在我松开那个法国佬的手之前（那已经是那位夫人的男仆把我俩踢下楼梯后的事），我是那么地狠狠捏了一把，以至于使它变成了山莓酱的颜色。

“别吱声，”他说，“听着，”他说，“戴上帽子！”

这就是为什么他的左手悬在吊腕带里的真实原因。

森格姆·鲍勃先生的文学生涯

我现在正一天天上年纪，既然我知道莎士比亚和埃蒙斯先生[1]都已作古，那说不定哪天我一命呜呼也并非没有可能。所以我想到了我最好是从文坛隐退，安享已经赢得的声誉。不过我切望通过为子孙后代留下一笔重要的遗赠，使我从文坛王座的退位传为千古佳话，也许我所能做的最好的一件事就是写出一篇我早年文学生涯的自述。其实，我的名字长期以来是那么经常地出现在公众眼前[2]，以至我现在不仅欣然承认它所到之处所引起的那种自然而然的兴趣，而且乐于满足它所激起的那种强烈的好奇心。事实上，在走过的成

1　埃蒙斯（Richard Emmons）是与爱伦·坡同时代的一名医生兼业余诗人。

2　森格姆·鲍勃（Thingum Bob）这个杜撰的人名化自英语单词 thingumbob，该词常用于口语，用以指称不知其名、暂忘其名或不屑于称呼其名的人或事物，中文常译作“某人”“某事”“某东西”。

功路上留下这样几座指引他人成名的路碑，这不过是功成名遂者义不容辞的责任。因此，在眼下这篇（我曾想命名为《美国文学史备忘》）自述中，我打算详细地谈谈我文学生涯中那举足轻重却孱弱无力、磕磕绊绊的最初几步。正是凭着这几步，我最终踏上了通向名望顶峰的康庄大道。

一个人没有必要过多地谈论自己年代久远的祖先。我父亲托马斯·鲍勃先生多年来一直处于他职业的巅峰。他是这座体面城的一名理发商。他的商铺是该地区所有重要人物常去的场所，而去得最勤的是一群编辑，一群令周围所有人都肃然起敬并顶礼膜拜的要人。至于我自己，我把他们奉若神明，并如饥似渴地吸取他们丰富的聪明才智，这种聪明才智往往是在被命名为“抹肥皂泡”的那个过程中从他们庄严的口里源源不断地流出。我第一次实实在在的灵感肯定是产生在那个令人难以忘怀的时刻。当时《牛虻》报那位才华横溢的编辑趁上述那个重要过程间歇之际，为我们一群悄悄围拢来的学徒高声朗诵了一首无与伦比的诗，诗的主题是歌颂“唯一真正的鲍勃油”（这种生发油因其天才的发明者我父亲而得名），因为这首诗，托马斯·鲍勃商业理发公司以帝王般的慷慨酬谢了《牛虻》报那位编辑。

正如我刚才所言，这些献给“鲍勃油”的天才诗行第一次为我注入了那种神圣的灵感。我当即就决定要成为一个伟人，并且要从当一名大诗人开始。就在当天晚上，我屈膝跪倒在父亲跟前。

“父亲，”我说，“请饶恕我！但我有一个高于抹肥皂泡的灵魂。弃商从文是我坚定的意向。我要当一个编辑，我要当一名诗人，我要为‘鲍勃油’写出赞歌，请饶恕我并请帮助我成名！”

“我亲爱的森格姆，”父亲回答（我受洗时依照一位富亲戚的姓被命名为森格姆），“我亲爱的森格姆，”他说着牵住我两只耳朵把我从地上扶起，“森格姆，我的孩子，你是名勇士，和你父亲一样有气魄。你还有一个硕大的脑袋，里边肯定装了不少智慧。这一点我早就看到了，所以我曾想使你成为一名律师。不过律师这行业已经越来越不体面，而当一名政治家又无利可图。总的来说，你的判断非常明智，做编辑这份营生是份美差，而且如果你能同时又成为诗人，就像大多数编辑都顺便当诗人一样，那你还可以一箭双雕。为了鼓励你开个好头，我将让你得到一间阁楼，并给你纸笔墨水、音韵词典，外加一份《牛虻》报。我料定你几乎已别无他求。”

“如果我还想多要，那我就是个忘恩负义的家伙。”

我热情洋溢地回答，“你的慷慨汪洋无极。我的报答就是让你成为一名天才的父亲。”

我与那位最好的人的会谈就这样结束，而会谈刚一结束，我就怀着满腔的激情投入了诗歌创作，因为我最终登上编辑宝座的希望主要就寄托在我的诗歌创作之上。

在我写诗的最初尝试中，我发现那首《鲍勃油之歌》对我不啻是一种妨碍。它灿烂的光芒更多的是使我眼花缭乱，而不是使我心中亮堂。想想那些诗行的优美，比比自己习作之丑陋，这自然使我灰心丧气，结果在很长一段时间内，我一直在做无谓的努力。最后，一个精巧的原始构思钻进了我的脑袋，这种原始构思时常会渗进天才们的大脑。这构思是这样的，更准确地说这构思是这样被实施的：从位于本城偏僻一隅的一个旧书摊的垃圾堆中，我收集到几本无人知晓或被人遗忘的古老诗集。摊主几乎是把书白送给了我。这些书中有一本由一个名叫但丁的人所写的《地狱篇》的译本，我从中端端正正抄了一大段，该段说的是一个有好几个孩子的名叫乌戈利诺的男人[1]。另一本书的作者我已忘记，该书有许多古老的诗句，我以同样的方式

1 第一本书被抄的是《神曲·地狱篇》第33歌《安泰诺狱·乌戈利诺和他在塔楼中的孩子们》。

和同样的小心从中摘录了一大堆诗行，这堆诗行说的是“天使”“祈祷牧师”“恶魔”和其他一些诸如此类的东西[1]。第三本书的作者好像是个瞎子，记不清他是希腊人还是印第安巢克图人（我不能劳神费力去回忆无关紧要的小事），我从这本书中抽出了50节诗，从“阿喀琉斯的愤怒”到他的“脚踵炎”以及别的一些事情[2]。第四本书我记得又是一个盲人的作品，我从中精选了一两页关于“欢呼”和“圣光”的诗行[3]。虽说盲人没有权利写光，但那些诗行仍然自有其妙处。

我清清爽爽地抄好这些诗，在每一篇前面都署上“奥波德多克”这个名字（一个响亮悦耳的名字），然后规规矩矩地把它们分别装入信封，分别寄给了四家最重要的杂志，同时附上了请尽快刊登并及时付酬的要求。然而，尽管这一周密计划的成功将省去我今后生活中的许多麻烦，其结果却足以使我相信有那么些编辑并不轻易上当受骗，他们把慈悲的一击（就像他们在法国所说）施加于我最初的希望（正如他们在超

---

1 第二本书被“摘录”的内容出自莎士比亚《哈姆莱特》第1幕第4场。

2 第三本书被“抽”出的诗节是蒲伯英译的荷马史诗《伊利亚特》第1卷开始部分。

3 第四本书指弥尔顿《失乐园》，该书第3卷第1行曰：“福哉，圣光！上天的第一产物。”

验城[1]所言）。

实际情况是上述四家杂志都分别在其“每月敬告撰稿人”栏目给了奥波德多克先生致命的一击。《无聊话》杂志以下列方式把他狠狠地训斥了一顿：

“奥波德多克”[2]（何许人也）给本刊寄来一首长诗，讲一个他命名为乌戈利诺的狂人有好几个孩子，而那些孩子居然没吃晚饭就被鞭子赶上床睡觉。这首诗非常单调乏味，即使不说它无聊透顶。“奥波德多克”（何许人也）完全缺乏想象力。依敝刊之愚见，想象力不仅乃诗之灵魂，而且还是诗之心脏。为他这堆愚蠢而无聊的废话，“奥波德多克”（何许人也）居然还恬不知耻地要求本刊“尽快刊登并及时付酬”。可凡属此类无聊之作，本刊既不会予以发表，也不会支付稿酬。但毫无疑问，他可以轻而易举地为他所能炮制出的全部废话找到销路，那就是在《闹哄哄》、《棒棒糖》或《大笨鹅》编辑部。

必须承认，这番评论对奥波德多克来说非常严厉，

1 暗指爱默生等超验论者集聚的波士顿。

2 奥波德多克的英文原文是 Opodeldoc，指理发师用的一种混合有酒精、樟脑和香油的肥皂剂。

但最尖刻无情的是把“诗”这个字眼排成小号字。难道在这个耀眼的字眼中没有包含着无穷无尽的艰辛？

然而，奥波德多克在《闹哄哄》杂志上也受到了同样严厉的惩罚，该杂志说：

> 我们收到了一封非常奇怪而傲慢的来信，寄信人（何许人也）署名为“奥波德多克”，以此亵渎那位有此英名的伟大而杰出的罗马皇帝[1]。在“奥波德多克”（何许人也）的来信之中，我们发现了一堆乱七八糟、令人作呕且索然无味的诗行，胡言乱语什么“天使和祈祷牧师”，除了纳撒尼尔·李[2]或“奥波德多克”之流，连疯子也发不出这般号叫。而对于这种糟粕之糟粕，我们还被谦恭地请求“及时付酬”。不，先生。绝不！我们不会为这种垃圾付稿费。去请求《无聊话》、《棒棒糖》或是《大笨鹅》吧。那些期刊无疑会接受你能给予他们的任何文学垃圾，正如他们肯定会许诺为那些垃圾付酬一样。

这对可怜的奥波德多克的确太辛辣了一点。但这

1 罗马历史上并无名叫奥波德多克的皇帝。

2 纳撒尼尔·李（Nathaniel Lee，1653—1692），英国剧作家，其剧作被认为过于夸张。

次挖苦讽刺的主要分量加在了《无聊话》、《棒棒糖》和《大笨鹅》的头上，它们被尖酸刻薄地称为“期刊”，而且是用斜体字排印，这肯定会使他们伤心到极点。

《棒棒糖》在残酷性方面简直一点不亚于同行，它这样评论道：

某位先生自称“奥波德多克”（先辈贤达的英名是多么经常地被用于这种卑鄙的目的！），该先生为本刊寄来了五六十节打油诗，其开篇如下：

阿喀琉斯的愤怒，对希腊灾难不尽的悲惨的春天……[1]

我们敬告这位“奥波德多克”（何许人也），本刊编辑部没有哪位编辑的助手不每天都写出比这更好的诗行。“奥波德多克”的来稿不合韵律，“奥波德多克”应该学会打拍子。但完全不可理喻的是，他为何竟然想到这个念头，认为本刊（不是别的刊物而是本刊！）会用他那些莫名其妙的胡言乱语来玷污我们的版面。当然，这些荒谬绝伦的信口雌黄倒好得简直可以投给

1 见《伊利亚特》第1卷开篇。

《无聊话》、《闹哄哄》和《大笨鹅》，投给那些正在从事把《鹅妈妈的歌谣》[1]当作原创抒情诗出版的机构。“奥波德多克”（何许人也）甚至还狂妄地要求为他的胡说八道支付稿酬。难道“奥波德多克”（何许人也）不知道，难道他不明白，他这种来稿即便倒给钱本刊也不能刊用？

当我细读这些文字时，我觉得自己变得越来越渺小，而当我读到那位编辑把那篇精心之作讥讽为“打油诗”时，我觉得自己已小得不足两盎司。至于“奥波德多克”，我开始对那可怜的家伙产生了同情。但是，如果说可能的话，《大笨鹅》显得比《棒棒糖》更缺乏怜悯之心。正是《大笨鹅》写出了如下评注：

一个署名为“奥波德多克”的可怜而蹩脚的诗人竟然愚蠢到如此地步，以为本刊会发表他所寄来的一堆语无伦次、文理不通且装腔作势的破烂，而且还会支付稿酬，这堆破烂以下列这行最通俗易懂的字眼开始：

---

1 《鹅妈妈的歌谣》（又名《摇篮曲》）于 1819 年在波士顿出版，作者署名托马斯·弗利特（Thomas Fleet）。后人普遍认为该集是抄袭英法等国的童谣、童话，包括剽窃佩罗的《鹅妈妈的故事》。

冰雹，圣光！上天的第一幼仔。[1]

我们说“最通俗易懂”。也许我们可以恳请“奥波德多克”（何许人也）给我说说“冰雹”怎么会是“圣光”。我们历来认为冰雹是结成冰块的雨。另外他是否愿意告诉我们，结成冰块的雨怎么会在同一时刻既是“圣光”（姑且不论圣光为何物）又是“幼仔”？而（如果我们对英语稍稍有点常识的话）后一词的贴切含义只是指那些六周左右的婴儿。不过对这种荒谬之辞加以评论，这本身就十分荒谬，尽管“奥波德多克”（何许人也）还厚颜无耻地以为我们不仅会“刊登”他这些愚昧无知的疯话，而且还（绝对会）为此支付稿酬！

真是荒唐！真是可笑！而我们倒真想把他所写的这堆荒谬之辞一字不改地公之于众，以惩罚这位不知天高地厚的青年蹩脚诗人。我们想不出还有什么比这更严厉的惩罚，而要不是考虑到这样做会倒读者胃口，我们真会把这种惩罚付诸现实。

请“奥波德多克”（何许人也）今后把诸如此类的

1 此行乃《大笨鹅》编辑对弥尔顿《失乐园》第3卷首行“福哉，圣光！上天的第一产物”之误读。“福哉”“冰雹”之英文均为hail，而“产物”“幼仔”的英文均可为offspring。

诗作寄给《无聊话》、《棒棒糖》或者是《闹哄哄》。他们会予以"发表"。他们每个月都"发表"这种废话。请把废话寄给他们。我们不可能心安理得地蒙受耻辱。

这对我是一场灭顶之灾。而对于《无聊话》、《闹哄哄》和《棒棒糖》，我压根儿搞不懂他们怎么能幸免于难。他们被排成小得不能再小的七号铅字（这种很伤感情的挖苦暗示了他们的卑微，他们的渺小），而用大号字排成的"我们"则居高临下地俯视着他们！哦，这太尖刻了！这是痛苦之源，这是烦恼之因。我若是这些刊物中的任何一家，我一定会不遗余力地依法对《大笨鹅》起诉。根据《禁止虐待动物条例》，这场官司说不定能够胜诉。至于奥波德多克（何许人也），这次我对那家伙完全失去了耐心，对他的同情也荡然无存。他毫无疑问是个白痴（他究竟是谁），他罪有应得，他自作自受。

这次古为今用的试验结果首先使我确信了"诚实乃上策"，其次让我认识到了这样一个事实：假若我不能比但丁先生、那两个盲人以及其他老前辈写得更好，那要想比他们写得更糟至少是一件很难的事。于是我鼓起勇气，决定无论付出多少努力与艰辛也要坚持"完全独出心裁"（就像他们在杂志封面上说的那样）。我又一次把《牛虻》报编辑那首光辉灿烂的《鲍勃油之歌》作为楷模放到了眼前，决心以同一崇高的主题写一首颂歌，与已经有的这首争奇斗艳。

写第一行时我没有遇到什么实质性的困难。这行诗如下：

写一首关于“鲍勃油”的颂歌。

然而，待我小心翼翼地把所有与“歌”字押韵的单词都查过一遍之后，我发现这首诗不可能再写下去。在这进退维谷之时我求助于父亲。经过几小时的冥思苦想，我们父子俩终于完成了这首诗：

写一首关于“鲍勃油”的颂歌
是各种各样工作中的一种工作。

（署名）假绅士

诚然这首诗不算太长，但我“已经懂得”，正如他们在《爱丁堡评论》里所说，一篇文学作品的价值与其长短毫不相干。至于该季刊所侈谈的“长期不懈的努力”，我看里边不可能有什么道理。所以，我基本上满足于这篇处女作的成功，而现在唯一要考虑的问题就是对这篇处女作该如何处置。父亲建议我把它投给《牛虻》报，但有两个原因阻止了我采纳这一建议。首先我担心那位编辑会嫉妒；其次我已经查明，对有独创性的稿件他不付稿酬。因此，经过一番适当的深思熟虑，我把诗稿寄给了更具权威性的《棒棒糖》杂志，然后就焦虑不安但又无可奈何地等待结果。

就在《棒棒糖》的下一期上，我骄傲而高兴地看到我的诗终于刊出，而且是作为压卷之作，并加上了用斜体字排在括号中的如下意义深远的编者按：

［本刊敬请读者注意此按后所附这首可圈可点的《鲍勃油之歌》。我们无须赘述其庄严与崇高，或悲怆与哀婉，凡仔细吟味者均难免潸然泪下。至于那些对《牛虻》报编辑以此庄严主题写出的那首同名诗一直感到恶心的读者，将不难幸运地看出这两首诗之间的天壤之别。

又按："假绅士"显而易见是个笔名，我们正心急如焚地探查围绕着这个笔名的秘密。难道我们会没有希望一睹诗人的真颜？］

这一切似乎有失公允，但我承认，这远远超出了我的预料。请注意，我承认这是我们国家乃至全人类万世不易的耻辱。但我仍不失时机地去拜访《棒棒糖》那位编辑，并非常幸运地发现这位绅士正好在家。他招呼我时怀着一种深深的敬意，其间稍稍混有一点长辈对晚辈那种屈尊俯就的赞佩，这无疑是因为我乳臭未干的外貌所致。请我坐下之后，他马上就切入正题谈起了我的诗，不过谦虚之美德不允许我在此重复他对我的千般称羡，万般恭维。可螃蟹先生（此乃该编辑之大名）的溢美之词绝非那种不讲原则、令人作呕的吹捧。他直言不讳而且精辟透彻地分析了我的作品，毫不犹豫地指出了几个小小的瑕疵。此举大大提高了他在我心目中的地位。当然，《牛虻》报也被纳入了这场讨论，而我希望自己永远也不要受到像螃蟹先生对那首不幸的同题诗所进行的那种细致的批评和严厉的斥责。我早已习惯于把《牛虻》报那位编辑视为超凡的天才，可螃蟹先生很快就纠正了我这种观念。他把那只苍蝇（这是螃蟹先生对那位同行冤家讽刺性的称呼）的文章连同道德都一股脑地抖搂在了光天化日之下。他说那只苍蝇是个很不正派的人物。他曾经写过伤风败俗的东西。他是个穷酸文人。他是个文坛小丑。他是个流氓恶棍。他曾经写过一幕令全国公众都捧腹大笑的悲剧，并写过一幕使普天之下泪流成河的喜剧。除此之外，他还不知羞耻地写过一篇针对他（螃蟹先生）个人的讽刺文章，极欠考虑地称他为“一头蠢驴”。螃蟹先生向我保证，任何时候我想发表自己对苍蝇先生的看法，《棒棒糖》杂志对我都不限篇幅。与此同时，由于我明显地会因写了一首挑战性的《鲍勃油之歌》而受到那只苍蝇的非难，他（螃蟹先生）愿意承担起密切注视我个人利益的责任。如果我没有马上被培养成一个人物，那不应该说是他（螃蟹先生）的过失。

螃蟹先生暂时中止了他的高谈阔论（对议论的后半部分，我觉得自己没法理解），我鼓起勇气转弯抹角地提出了稿费问题，因为我从来就被教导我的诗应得到稿酬。我提到了《棒棒糖》杂志封面上的通告，该通告宣布（《棒棒糖》杂志）“历来坚持为所有采用的稿件从优付酬，为一首短小精练的小诗所付之稿酬常常超过《无聊话》、《闹哄哄》和《大笨鹅》三家杂志全年稿费开支的总和”。

当我“稿费”这个词一出口，螃蟹先生先是眼睛一瞪，接着嘴巴一张，眼瞪嘴张都达到了一种惊人的程度，使他的外表看上去活像一只正激动得嘎嘎叫的老鸭子。他一直保持着这种状态（不时用双手紧紧摁住前额，仿佛处于一种极度为难的境地），直到我差不多把我非说不可的话说完。

我话音刚落，他颓丧地坐回椅子，好像当头挨了一棒，两条胳膊无力地耷拉在身边，但嘴巴仍然像“鸭子叫”时那样大张着。当我正被他这番令人惊恐的举动惊得说不出话时，他突然从椅子上一跃而起，疾步冲向摇铃的绳索。但他的手刚刚触到铃绳，他似乎又改变了他那让我不知究竟的主意，因为他钻到了一张桌子下边，随之又拿着一根短棒从桌下钻出。他把短棒高高举起（我简直想象不出他到底要干什么），突然，他脸上显出了一种慈祥的微笑，然后回到椅子边平静地坐了下来。

“鲍勃先生，”他开口道（因为我在递上自己之前就递上了我的名片），“鲍勃先生，你是个年轻人，我猜……非常年轻？”

我赞同他的猜测，补充说我还没有过完我生命中的第三个五年。

“啊！”他回答道，“很好！我知道那是多少，请别解释！至于稿费这个问题嘛，你所言极是。事实上非常正确。不过……啊……这是第一篇稿子，对第一篇，我是说杂志从来没有付稿酬的先例……你明白，是吗？其实在这种情况下，通常我们是收费者。”螃蟹先生在强调“收费者”一词时笑得格外和蔼，“对大多数的处女作，我们发表时都要收版面费，尤其是对诗歌。其次，鲍勃先生，这家杂志的规矩是从不支付我们用法语说的现金，我相信你理解。在来稿发表一两个季度之后，或一两年之后，本刊并不反对开出分九个月付清的稿费期票。假若我们能始终安排得当，那我们肯定能'破例'六个月付清。我衷心地希望，鲍勃先生，这番解释能够使你满意。"螃蟹先生说到这里时两眼已经噙满了泪花。

不管有多么无辜，给这样一位杰出而敏感的人物带来痛苦仍然使我感到痛心，于是我赶紧赔礼道歉，消除他的忧虑，说我与他的见解完全一致，而且充分理解他微妙的处境。我干净利落地说完这番话，然后告辞。

紧随着这次谈话后的一天早上，"我一觉醒来发现自己已成了名人"[1]。我的知名度凭当天各报的评价即可得到充分的估量。人们可以看到，这些评价包含在各报对载有我诗作的那期《棒棒糖》的评论之中，各家评论都观点清楚，结论明确，令人完全满意，也许只有一个难解的符号除外,那就是每篇评论末尾都附有"9月15日—1t"[2]字样。

《猫头鹰》是一份有远见卓识的报纸，以其文学评论的严谨周密而为人所知。《猫头鹰》如我所言评论

1　语出拜伦《备忘录》(*Memoranda*，1812)。

2　表示前文10月份出刊的杂志刊登的是9月15日前付费的广告。

如下：

《棒棒糖》！这份有趣的杂志之10月号超过了它以往各期，摆出了与竞争者对抗的架势。在版式的精美和纸张的考究方面，在钢铸凹版的数量和质量方面，以及在稿件的文学价值方面，将《棒棒糖》与其进展缓慢的对手相比，就犹如将提坦神许珀里翁与林神萨蹄尔相比[1]。不错，《无聊话》、《闹哄哄》和《大笨鹅》在吹牛方面占尽优势，但《棒棒糖》在其他所有方面都居领先地位！这家著名杂志何以能承受其显而易见的巨额开支，这已非本报所能理解。诚然它拥有10万订户，而其订单在上个月又增加了四分之一。但从另一方面来看，它坚持支付的稿酬金额也高得惊人。据悉巧驴先生那篇举世无双的《猪论》所获稿酬不低于37.5美分。有螃蟹先生作为编辑，有假绅士和巧驴先生这样的作者列入其撰稿人名单，《棒棒糖》不可能有“倒闭”之虞。快去订阅吧。9月15日—1t。

我必须声明，对《猫头鹰》这样一份体面报纸所发表的这篇精彩评论我相当满意。把我的名字（即我

1 在《哈姆莱特》第1幕第2场中，哈姆莱特曾用这两者来比喻他父亲和篡夺王位的叔叔。

的笔名）置于巧驴先生的大名之前，这是一种我自认为当之无愧的恰当的赞美。

接下来我的注意力被《癞蛤蟆》报上的短评所吸引，该报以其诚实和有主见而著称，并因从不曲意奉承施舍者而闻名。

《棒棒糖》10月号比其所有的同行都进了一步，而且在装帧之华丽以及内容之丰富方面都当然地远远超过了它们。我们承认，《无聊话》、《闹哄哄》和《大笨鹅》在自吹自擂方面仍遥遥领先，但《棒棒糖》在其他所有方面都独占鳌头。这家著名杂志何以能承受其显而易见的巨额开支，这已非本报所能理解。诚然它拥有20万订户，而其订单在最近半个月又增加了三分之一。但从另一方面来看，它每月支付的稿酬金额也高得惊人。本报获悉，咕噜拇指先生因他最近的那首《泥潭挽歌》而收到的稿费不下50美分。

在本期非抄袭撰稿人当中，（除该刊著名编辑螃蟹先生之外）我们注意到假绅士、巧驴和咕噜拇指这样一些人。不过本报认为，除编辑部文章之外，本期最有价值的篇章当数“假绅士”以“鲍勃油”为题献给诗坛的一颗明珠，但我们的读者切莫因为这首诗的标题，就认为这块无与伦比的瑰宝与某位其名不堪入耳的卑劣之徒就同一题目的胡言乱语有任何相似之处。眼下这首《鲍勃油之歌》已经激起了公众普遍的兴趣和好奇，大家都急切地想知道是谁拥有“假绅士”这个显而易见的化名。幸运的是，本报有能力满足公众的这份好奇心。“假绅士”乃本城森格姆·鲍勃先生所用之笔名，鲍勃先生乃著名的森格姆先生之亲戚（前者之名以后者之姓命之），并与本州大多数名门望族保持着来往。他父亲托马斯·鲍勃是体面城一富商。9月15日—1t。

这种慷慨的认可令我大为感动，尤其是当这种认可来自像《癞蛤蟆》报这种众所周知、举世公认的纯正渠道。用“胡言乱语”一词来形容那只苍蝇的《鲍勃油之歌》，我认为用得异常尖锐并恰如其分。但用“明珠”和“瑰宝”来比喻我的诗作，在我看来则多少单薄了一点。我觉得用字尚缺乏力度。我认为措辞还不够鲜明（就像我们用法语所说）。

我刚一读完《癞蛤蟆》的评论，一位朋友又给了我一份《鼹鼠》日报。该报因其对总体事态看法敏锐而享有盛名，并因其社论公开、坦诚、正大光明的风格而众望所归。《鼹鼠》日报对本期《棒棒糖》评述如下：

我们刚刚收到《棒棒糖》今年第 10 期，而我们必须说，我们所读到过的任何刊物之任何一期都不曾有过这般精彩。本报所言经过深思熟虑。《无聊话》、《闹哄哄》和《大笨鹅》得好好当心它们的声誉。当然，这几家报刊在自我吹嘘方面均先声夺人，但《棒棒糖》在其他所有方面都首屈一指！这家著名杂志何以能承受其显而易见的巨额开支，这已非本报所能理解。诚然它拥有 30 万订户，而其订单在上周增加了 50%。但它每个月所支付的稿费之巨也令人瞠目。本报从权威渠道获悉，胖庸先生最近发表的家庭中篇小说《洗碗布》所得稿酬至少达 62.5 美分。

我们注意到本期撰稿人有螃蟹先生（著名编辑）、假绅士、咕噜拇指和胖庸等，但是紧随编辑本人那些独步文坛的杰作之后，本报特推荐一位青年诗人创作的钻石般的佳作。这位青年诗人署名为“假绅士”，而我们预言这个笔名有朝一日将使“泰斗”的光芒黯然失色。本报获悉，“假绅士”本名为森格姆·鲍勃，他是本城富商托马斯·鲍勃先生唯一的继承人，是大名鼎鼎的森格姆先生的一位近亲。鲍勃先生这首令人赞佩的诗题为《鲍勃油之歌》。顺便提一下，这个标题不幸同于某位与一家小报有瓜葛的卑鄙流氓就同一主题所写的那堆胡话的标题。不过，这两者并无相互混淆之危险。9 月 15 日—1t。

像《鼹鼠》这样英明的报纸慷慨认可，这使喜悦浸透了我的灵魂。我觉得文章的唯一缺陷就是“卑鄙流氓”这一提法欠妥，这个提法说不定应该改为“讨厌而且卑鄙的无赖、恶棍加流氓”。我认为这样听起来会更文雅。此外必须承认，“钻石般的”这几个字简直不足以表达《鼹鼠》报所明显想表达的《鲍勃油之歌》的灿烂光辉。

就在我读到《猫头鹰》、《癞蛤蟆》和《鼹鼠》诸报评论的当天下午，我碰巧看到了一本《长脚蚊》，这是一家因其深刻的洞察力而闻名遐迩的评论期刊。下面就是《长脚蚊》的评论：

《棒棒糖》！！这本豪华杂志的 10 月号已奉献在公众眼前。该刊是否杰出的问题就此一劳永逸地得到了解决，从今以后，《无聊话》、《闹哄哄》和《大笨鹅》的任何与之竞争的企图都将成为可笑之举。这几家杂志在自卖自夸方面也许略微居前，但《棒棒糖》在其他所有方面都独领风骚！这家著名的杂志如何能承受其显而易见的巨额开支，这已经超越了本刊的理解能力。诚然它足足拥有 50 万订户，而其订单在过去的两天内又增加了75%，但与此同时它每月支付的稿酬之巨几乎令人难以置信。本刊已探悉这样一个事实：抄一点小姐最近那篇关于独立战争的重要小说所得稿费不低于87.5美分，该小说的标题是《约克镇蝈蝈叫和邦克山蝈蝈不叫》。

本期最优秀的篇章当然还是由该刊编辑（著名的螃蟹先生）操觚，但有不少上乘之作分别署名为假绅士、抄一点小姐、巧驴、撒小谎夫人、咕噜拇指和略诽谤太太，胖庸名列最后但并非最不重要。这个世界很可能由此而产生一群光彩夺目的文豪诗宗。

我们发现，署名“假绅士”的那首诗赢得了公众的交口称赞。而我们不得不说，如果可能的话，这首诗值得更高的褒扬。这首融雄辩和艺术为一体的名诗题为《鲍勃油之歌》，本刊的一两位读者也许会朦朦胧胧却深恶痛绝地记起一首同名诗？那首劣作的炮制者是一个穷文人、叫花子、杀人犯，本刊相信他以洗碗工的资格染指于本城贫民窟附近的一家下流小报。本刊恳请那一两位读者，看在上帝的分上，千万别把这两首诗混为一谈。我们听说，《鲍勃油之歌》的作者森格姆·鲍勃先生是一位天才的学者、真正的绅士。“假绅士”不过是笔名而已。9月15日—1t。

当我细读这段讽刺的结论性部分时，我几乎抑制不住胸中的愤慨。我清楚地看到了《长脚蚊》在提到《牛虻》报那位蠢猪编辑时所表现出来的那种优柔寡断的态度，那种显而易见的克制（姑且不说是彬彬有礼）。如我所言，我清楚地看到，在这种彬彬有礼的措词中除了对那只苍蝇的偏袒，不可能再有别的什么东西。《长脚蚊》之意图显然是想在损害我的情况下提高那只苍蝇的声誉。其实任何人只用半只眼睛就可以看出，倘若《长脚蚊》的真实意图真是它所希望表露的那样，那它（《长脚蚊》）的措词就应该更直截了当，更尖酸刻薄，更一针见血。“穷文人”、“叫花子”、“洗碗工”以及“杀人犯”都是些故意挑选的称呼，它们是那么笼统含混，模棱两可，以至于用在那位写出了全人类最劣诗篇的作者头上比不用还糟。我们都知道“明贬暗褒”是何含义，反之，谁会看不穿《长脚蚊》另一个不可告人的意图——明褒暗贬？

《长脚蚊》爱怎么说那只苍蝇与我无关，可它怎么说我却大有关系。在《猫头鹰》、《癞蛤蟆》和《鼹鼠》诸报均以高尚的姿态对我的能力进行了充分评价之后，像《长脚蚊》这样只冷冰冰地说一句“天才的学者，真正的绅士”未免太过分。真正的绅士这倒不假！我当即决定，要么《长脚蚊》向我书面致歉，要么我就与之决斗。

怀着这一目的，我开始四下寻找一个能为我给《长脚蚊》送信的朋友，由于《棒棒糖》那位编辑曾明确表示要关心我的利益，所以我最后决定找他帮忙。

我迄今尚不能满意地解释螃蟹先生在听我阐述计划时所表现出来的那种非常奇怪的表情和举止。他又从头到尾地表演了一番抓铃绳、举短棒的动作，而且没有漏掉大张“鸭嘴”。有一会儿我以为他真要嘎嘎地叫出声，但像上次一样，他这阵发作终于平静下来，他的举止言谈又恢复了常态。但他拒绝为我去送挑战书，而且实际上劝阻我不要进行决斗。不过他十分坦率地承认《长脚蚊》这次是极不体面地大错而特错。尤其是错在把我称为“绅士和学者”。

螃蟹先生对我的利益真正表现出了父亲般的关心，在这次谈话的末尾，他建议我应该用正当的手段挣一点钱，同时可偶尔替《棒棒糖》扮演 Thomas Hawk 的角色，以此进一步提高我的声誉。

我请求螃蟹先生告诉我谁是 Thomas Hawk，为什么希望我扮演他的角色。

这时螃蟹先生又一次“睁大了眼睛”（就像我们用德语所说），但他终于从极度惊讶中恢复过来，并向我解释说他用“Thomas Hawk”这名字是为了避免 Tommy 这种低俗的说法。不过他真正想说的是 Tommy Hawk，或者说是 tomahawk，即北美印第安人用的一种战斧，而他所谓的“扮演战斧”，意思就是对那些可憎可恶的作家进行剥头皮、剜眼珠似的严厉批评，或是叫他们彻底完蛋。

我向我的庇护人保证，如果这就是全部，那他完全可以把扮演战斧的任务交给我去完成。于是螃蟹先生希望我在力所能及的范围内以最凶猛的风格，叫《牛虻》报那位编辑立即完蛋，以此作为我能力的一种标志。我雷厉风行地完成了这项任务，我那篇对原《鲍勃油之歌》的评论占了《棒棒糖》杂志 36 个页码。我发现扮演印第安人战斧远远没有写诗那么麻烦，因为我干得很有章法，这样就能轻而易举地把事情做得彻底。我的具体做法是这样的：我（廉价）买来拍卖本《布鲁厄姆勋爵演讲集》、《科贝特作品全集》、《新俚语摘要》、《谩骂艺术大全》、《下流话入门》（对开本）和《刘易斯·G. 克拉克言论集》[1]。我用马梳把这些书完全撕成碎片，把所有碎片放进一个细筛，仔细筛掉所有可能会被认为正派的言词（数量微不足道），然后把剩下的

1　亨利·P. 布鲁厄姆（1778—1868），英国政治家，《爱丁堡评论》创始人之一；威廉·科贝特（1763—1835），英国记者及政治改革家；刘易斯·G. 克拉克（1808—1873），美国作家，《纽约的荷兰人》杂志编辑。

粗话脏话通通装进一个硕大的铁皮胡椒罐，胡椒罐开有纵向孔，以便完整的句子不遭实质性损害就能通过。于是这种混合物便随时可用。每当需要我扮演战斧的角色，我便用一枚公鹅蛋的蛋清涂写一张大页书写纸，再照上述撕书的方法把这页纸撕成可炮制评论的碎片（只是撕得更加小心，以便让每个字都分开），然后我让这些碎片与原来那些装在一起，拧上罐盖，使劲儿一摇，于是那些混合碎末就粘在了蛋清上。这样写出的评论具有强烈的感染力，其效果令人叹为观止。实际上，我用这种简单方法炮制出来的文章从来都不会千篇一律，而且篇篇都堪称天下奇文。开始由于缺乏经验而不好意思，我心里还有点忐忑不安，因为我总觉得文章从整体上看显得有那么点自相矛盾，有那么点稀奇古怪（正如我们用法语所说）。所有的字词都不恰当（就像我们用古英语所言）。许多短语离谱错位。甚至有些措辞完全颠倒，而每当这后一种情况发生，文章效果无不多少受到损害。例外的只有刘易斯·克拉克先生的那些段落，这些段落是如此坚强有力，以至任何极端的位置都不会使它们看起来特别尴尬，无论怎样颠来倒去它们都显得同样恰如其分，同样令人满意。

多少有点难以测定，在我对原《鲍勃油之歌》的批评文章发表之后，《牛虻》报那位编辑怎么样了。最合理的推论就是他哭泣着死去。总之他突然之间就从地球表面上完全消失，从此再也没有人看见过他的踪影。

由于这事做得干净利落，由于复仇之神泄了心头之恨，我顿时备受螃蟹先生的青睐。他把我当作知己，给了我《棒棒糖》杂志的战斧这一永久性位置，而由于他暂时还不能给我发工资，他允许我在他的指点下任意挣钱。

"我亲爱的森格姆，"一天晚饭后他对我说，"我尊重你的才能，爱你就像爱儿子。你将是我的继承人。我死的时候会把《棒棒糖》遗赠给你。我会的，只要你始终听从我的忠告。现在要做的第一件事就是摆脱那个讨厌的老家伙。"

"讨厌的？"我不解地问，"猪，是吗？野猪？（就像我们用拉丁语说的）谁是猪？在哪儿？"

"你父亲。"他说。

"正是，"我回答，"猪。"

"你有大钱要挣，森格姆，"螃蟹先生继续道，"可那个老家伙是一块缠在你脖子上的磨石。我们必须马上砍掉他。"一听这话我抽出了小刀。"我们必须砍掉他，"螃蟹先生接着说，"干脆利落地，并且一劳永逸地。他不会有用。他不会。考虑慎重一点儿，你最好是踢他一顿，或是用棍子打他，或是照诸如此类的方式处置。”

我谦虚地征求他的意见，“你看这样好不好，我先踢他一顿，再用棍子揍他，最后拧他的鼻子？”

螃蟹先生盯着我沉思了好几分钟，然后回答说：

“鲍勃先生，我认为你所说的方法很奏效，实际上总是很成功。这就是说，就过去的情况而论，但理发师是很难摆脱的，而我基本上认为，在完成了你所提议的对托马斯·鲍勃的行动之后，明智的做法是你再用双拳使他两眼一团黑，要做得非常小心并彻底，以免他今后再看见你在上等人的行列。做完这之后，我实在看不出你还能做什么。不过，把他推在阴沟里滚两圈也挺不错，然后就把他交给警察。第二天上午你再找个时间去拘留所威胁他一番。”

螃蟹先生这番忠告证明了他本人对我的厚爱，这使我非常感动，而我没有辜负他的厚爱并从中受益。结果是我摆脱了那个讨厌的老家伙，开始感到了一点独立并稍稍像个绅士。然而在好几个星期内，囊中羞涩仍使我感到极不自在，不过凭着小心翼翼地运用我的两只眼睛，仔细地观察发现在我鼻尖前的事件，我终于悟出了这种情况该如何改变。我说“情况”，请注意，因为人们告诉我拉丁语中的 rem 就是情况。说到拉丁语，我顺便问一声，有谁能告诉我 quocunque 是何意思，或告诉我 modo 作何解释？[1]

我的计划非常简单。我所做的一切就是廉价买下了《老鳖》日报的十六分之一。这事一完成，我就往包里揣钱。诚然其后还有一些琐细的安排，但它们并非我那个计划的组成部分，而是一种当然的结果，一种效果。例如我买了笔墨纸张，并让它们物尽其用。我就这样为杂志写了篇文章，标题为《胡尔弄尔》，署名为《鲍勃油之歌》的作者，然后把它寄给了《大笨鹅》。可那家杂志在“每月敬告撰稿人”栏中称那篇文章为“胡说八道”。于是我把文章标题改为《嘿，欺骗！欺骗！》，署名为森格姆·鲍勃先生，颂歌体《鲍勃油之歌》的作者兼《老鳖》日报编辑。经过这番修改，我再次把稿子寄给了《大笨鹅》，在等待回音的同时，我每天在《老鳖》的六个专栏上发表堪称既富哲理又合乎逻辑的文章，钩深致远地分析《大笨鹅》杂志的文学价值以及该刊编辑的个人品格。一个星期之后，《大笨鹅》终于发现，由于某种奇异的差错，它不幸“把一个无名

1　这几个拉丁词可使人想到贺拉斯《书札》（*Epistles*）第 1 卷第 1 章第 65—66 行中的一句话“rem facias ... quocumque modo”（挣钱不择手段）。

鼠辈的一篇题为《嘿，欺骗！欺骗！》的狗屁文章同著名的《鲍勃油之歌》的作者森格姆·鲍勃先生就同一辉煌题目所写的佳作混为了一谈”。《大笨鹅》“对这一非常自然的意外事故深表遗憾”，并且保证将在该刊的最近一期发表名副其实的《嘿，欺骗！欺骗！》。

实情是我认为，我真的认为，我当时认为，我后来还认为，而且我此刻也没有理由不认为，《大笨鹅》的确是出了一个差错。我从不知道有谁像《大笨鹅》那样，怀着世界上最好的意愿弄出了那么多奇异的差错。从那天起我对《大笨鹅》产生了好感，而结果是我很快就深入地了解到了它的文学价值，并且没有放过任何一个适当的机会在《老鳖》报上对其价值详加评述。而后来发生的事只能被视为一种非常奇妙的巧合，一种让人去进行严肃思考的非凡绝伦的巧合，那就是发生在我与《大笨鹅》之间的那样一种对立观点的彻底改变，相左看法的全面动荡（如我们用法语所说），不同见解的完全颠倒（请允许我使用巢克图族语中这个颇有力度的语汇），居然在其后很短一段时间内又接连以极其相似的方式发生在我与《闹哄哄》之间，发生在我与《无聊话》之间。

就这样凭着天才的技巧，我终于通过“往包里揣钱”而完善了我的胜利，从而可以说是真正地并完全地开始了那辉煌灿烂并波谲云诡的事业，它最终使我功成名就，使我今天能和夏多布里昂一道宣称：“我已经创造了历史（I’ai fait l’histoire）。”

我的确“已经创造了历史”。从我现在所记述的那个光辉年代开始，我的一举一动，一字一句，都成了人类的财富。它们在这个世界上已被人们熟悉。所以我不必在此赘述我在扶摇直上的过程中是如何继承了《棒棒糖》杂志，是如何将这家刊物与《无聊话》合并，是如何买下了《闹哄哄》，并使三家期刊合为一家，最后又是如何成功地与剩下的唯一对手做成交易，从而把这个国家的全部文字统一进了一本家喻户晓、人人皆知的高贵刊物。这就是《闹哄哄、棒棒糖、无聊话及大笨鹅》。

不错，我已经创造了历史。我已为世人所瞩目。我的名声已传至地球最偏远的角落。你展开任何一份普通报纸都不可能不看到言及不朽的森格姆·鲍勃先生的篇章。森格姆·鲍勃先生说了什么什么，森格姆·鲍勃先生写了什么什么，森格姆·鲍勃先生做了什么什么。但我功成不居，虚怀若谷。毕竟，这算得了什么？这种被世人坚持称为“天才”的莫可名状的东西究竟是什么？我同意布丰和霍格思的说法：天才说到底不过是勤奋。

请看看我！我如何勤奋！我如何辛劳！我如何写作！天哪,难道我没有写作？我不知道天底下有“悠闲”二字。白天我紧紧地粘在案头，夜晚我脸色苍白地面对孤灯。你们本该看见过我。你们本该。我曾朝右倾。我曾朝左倾。我曾向前坐。我曾向后坐。我曾笔挺而坐。我曾垂头而坐（就像他们用基卡普族语所说），把头低低地俯向雪白的稿纸。因为所有的一切，我写。因为欢乐和悲伤，我写。因为饥饿和干渴，我写。因为喜讯和噩耗，我写。因为阳光和月色，我写。我写些什么无须说明。重要的是我的风格！我从胖庸笔下染上了这种文风，嘘！嘶！而我正在为你们略举一例。

用 X 代替 O 的时候[1]

因为大家都知道“贤者”“自东方”而来，而东拉西扯·笨伯先生就来自东方，所以笨伯先生是个贤者。[2]如果这问题还需要什么旁证，那我们的旁证就是——笨伯先生是名编辑。脾气暴躁是他唯一的弱点，因为人们指责他所具有的固执实际上恰恰不是弱点，所以他理所当然地将其视为他的优点。这是他的长处，他的美德，而大概需要一位布朗森的全部逻辑方能使他信服这是“别的什么东西”。

我已经证明了东拉西扯·笨伯先生是一位贤者，

---

1 原标题为 *X-ing a Paragrab*。本文乃爱伦·坡文字游戏最盛之篇，译文难以移植其妙处。

2 典出《新约·马太福音》第 2 章第 1 节“当耶稣降生于伯利恒……有贤者自东方来至耶路撒冷”。本文中之“东方”暗指新英格兰，“贤者”则影射被誉为“康科得之贤者”的爱默生和“切尔西之贤者”的克莱尔等与爱伦·坡艺术见解相左者。

而他也只有一次未能证明自己的贤明，那就是他抛弃了所有贤者合法居住的东方宝地，移居到了亚历山大-大洛波利斯城，或者说我们西方的一座同名城市。

不过我必须替他说句公道话，当他拿定主意迁居那座城市的时候，他的印象是这个国家的那个特殊地区没有报纸，因而也就没有编辑。他指望在那儿创办一份《茶壶报》，从而独霸整个报界。我完全相信，如果他早知道在亚历山大-大洛波利斯城住着一位名叫约翰·史密斯（如果我记得不错的话）的绅士，而且这位绅士多年来一直靠编辑出版《亚历山大-大洛波利斯新闻报》而悄悄地发着横财，那他绝不会想迁居到那座城市。所以，仅仅是因为信息失误，笨伯先生才来到了亚历山大，让我们干脆简称洛波利斯。但当他发现自己已到了那个地方，他就决心保持自己性格之坚定，既然来之，就要安之。于是他留了下来，而且不仅仅是安居。他开箱取出了印刷机、活体字，等等，并与《新闻报》隔街相望租下了办公室。在他到达后的第三天上午，第一期《茶壶报》创刊发行，我是说《洛波利斯茶壶报》，根据我的记忆，这就是那份新报的报名。

我必须承认那篇社论十分耀眼，即使不说非常尖锐。它主要是对世事大张挞伐，至于《新闻报》那位编辑，他简直完全被撕成了碎片。笨伯先生的某些言辞真是如火如荼，以至于从那之后，我总是禁不住把依然还活着的约翰·史密斯看成是一个不怕火烧的怪物。我不敢自称能一字不漏地记住《茶壶报》上的所有文章，但下边这一段肯定无误：

"哦，一点不错！哦，我们发现！哦，毫无疑问！街对面那位编辑是个天才。哦，天哪！哦，老天！这世道要变成什么模样？哦，时代！哦，风尚！"[1]

这番如此刻薄如此经典的德摩斯梯尼式的抨击，就像一颗炸弹落在了一向爱好和平的洛波利斯市民当中。群情激愤的人们集聚到街头巷尾。每个人都在急切地等待尊贵的约翰·史密斯的反击。第二天上午《新闻报》作答如下：

"本报引述昨天《茶壶报》那篇附加短评：'哦，一点不错！哦，我们发现！哦，毫无疑问！……哦，天哪！哦，老天！……哦，时代！哦，风尚！'哦，那家伙就知道 O 个不停！这证明他的推论是一个圆圈，并说明了为什么他的文章没头没尾，言之无物。我们深信，如果不用 O，那个流浪汉连一个字眼也写不出来。不

1 "哦，时代！哦，风尚！"原文为拉丁文 O tempora, O mores！最初是古罗马政治家西塞罗在公元前 70 年控诉以权谋私、贪赃枉法的西西里总督威勒斯和在公元前 63 年揭露阴谋家喀提林的演说中的用语。现用于批评不良世风时的感叹语，有调侃讽刺的意味。

知这么一O到底是不是他的习惯？顺便说一下，他刚从遥远的东方匆匆而来。真想知道他在那边是否也像这样O个不停？‘O！真可怜？’”

我无意描述笨伯先生对这种含沙射影的恶意中伤之极度愤慨。但根据油滑原则，他似乎并不像人们想象的那样被那番对他高尚人品的攻击所激怒。逼得他孤注一掷的是对他文章风格的嘲笑。什么！堂堂的东拉西扯·笨伯先生！不用O就写不出一个字眼？他要尽快让那个自负的家伙知道他错了。对！他要让那个狂妄的家伙知道他是如何地大错而特错！他，来自蛤蟆池塘的东拉西扯·笨伯先生，将让约翰·史密斯先生清楚地看到（如果他是那么想见识见识的话），即便一次，哪怕连一次，也不使用那个不足挂齿的元音，他笨伯先生也能整段整段地，当然也能整篇整篇地写出文章。但他不能这么做，因为这实际上是向那位约翰·史密斯让步。他笨伯先生决不能改变自己的风格，决不能去迎合基督教世界任何一个史密斯先生的任性。一定要打消这样一种卑鄙念头！只要一息尚存就要O下去。他偏要坚持一O到底，能O出什么名堂就O到什么地步。

怀着这一决定在他胸中燃起的英雄气概，了不起的笨伯先生在第二期《茶壶报》上只发表了下面这篇开诚布公但寸步不让的短评，专门论及这一不幸事件：

“《茶壶报》编辑荣幸地告知《新闻报》编辑，他（茶壶）将利用明天上午的版面让他（新闻）信服，他（茶壶）不仅能够而且愿意做自己文章风格的主人。他（茶壶）打算让他（新闻）看到，他（新闻）那篇评论在他（茶壶）不羁的心灵中所激起的会令他（新闻）无地自容的极度轻蔑，为了让他（新闻）格外满意，在明天《茶壶报》有相当篇幅的社论中，他（新闻）最卑谦恭顺的仆人（茶壶）将绝不会避而不用那个美丽的元音，那个永恒的符号，那个如此冒犯他（新闻）过分精致优雅的鉴赏力的字母。”

为了把这个如此委婉含蓄而非直截了当的可怕威胁付诸实现，了不起的笨伯先生对不绝于耳的催稿请求置之不理，当他的印刷所领班告诉他已到了开机印报的时候之时，他只简单地回答了一声“见鬼去吧”。正如我所说，了不起的笨伯先生对周围一切都置之不理，径自熬了一个通宵，耗了一灯油，全神贯注地写出了一篇堪称空前绝后的妙文：

那么，约翰哟！这是为什么？你知道我曾对你这么说过，下次当你还未逃脱灾祸，先不要这么扬扬自得！你妈是否知道你从家逃脱？哦，不晓得！那赶快回去，约翰，不要耽搁，快回你那讨厌的林中老窝，快回你的康科得！回去吧，老猫头鹰，回你林中的老窝！你不？哦，噢，噢，约翰，别这么瞎说！你必须滚回老窝，你不知道吗！所以快回老窝，路上别耽搁。因为这儿没人要你，你不知道吗？约翰，哦，约翰，哦，你再不走就会失去做人的资格。不错！你就是一只猫头鹰、一只笨鹅、一头母牛、一只猪猡、一个玩偶、一只鹦哥；一个可怜的、一无是处的大草包、大饭桶、破烂货，要么是来自康科得泥塘的一只蛤蟆。现在请消消气，别发火！千万别发火，你这个蠢货！你这只老公鸡，别这么喔喔喔！别满脸不高兴，别皱眉蹙额！别哞哞，别嘎嘎，别汪汪，别咯咯！哟，约翰哟，你怎么这副脸色！你知道我曾对你这么说过，别再把你的丑鸭吹成天鹅，快回去消消愁吧，抱住你的酒钵！

如此一篇惊人之作自然令了不起的笨伯先生耗尽了心血，所以到天亮之前他再也没有精力照料他事。不过，他坚定沉着，镇静从容，而且看上去神志清醒地把手稿交给了等在一旁的那位印刷所的学徒，然后优哉游哉地打道回府，并怀着一种难以形容的庄重心情上床睡觉。

与此同时，那位终于拿到稿子的学徒工匆匆上楼，冲到活字分格盘跟前，马上开始排那份手稿。

当然，因文章开头一个词是“So”，他首先把手伸进了大写 S 字母格并成功地取出了一枚大写 S 铅字条。这一成功使他受到极大鼓舞，他马上又飞快地将手插进小写 o 字母格，可当他的手指并没有夹住预期的铅字条而缩回之时，谁能描绘出他那番惊恐？当他揉着他徒然在空空如也的字盘底擦破的手指之时，又有谁能说出他当时的惊讶和愤怒？小写 o 格里没有一枚小写 o 铅字。而当他提心吊胆地查看大写 O 字母格时，他丧魂失魄地发现那个字盘里也同样一无所有。大惊失色的小学徒情不自禁地冲向领班。

“先生！”他气喘吁吁地说，“没有 o 我可什么也排不出来。”

“你这是什么意思？”领班咆哮着问，大半夜的干等弄得他情绪不好。

“哦，先生，排字间没有 o，大的小的都没有！”

“什么！这到底是怎么回事？”

“我不知道，先生，”那孩子回答，“可是《新闻报》印刷所的一个小子整个晚上都在这附近转悠，我猜是他把那些铅字全偷走了。”

“他妈的！我想是这么回事，”领班说着气得脸色发紫，“不过，鲍勃，你真是个好孩子，我来告诉你该怎么办,你瞅准机会就溜过去,把他们的每一个 i 和(他妈的)每一个 z 全部偷光。”

“是,先生,”鲍勃回答时眨了眨眼睛并皱了皱眉头,“我会溜过去的,我会让他们也尝尝滋味;可现在这篇文章咋办?天亮前得排出,这你知道,要不然饭碗就砸了,再说……”

“千万别着急,”领班打断小学徒的话,说着叹了一口气并强调了一声“千万”。“我说鲍勃,那文章很长吗?”

“说不上太长。”鲍勃回答。

“啊,那好,你就尽量对付着排吧!我们必须尽快付印。”领班此时一心想的就是工作,“用其他的字母代替 o,不管怎么说,没人会去读那个家伙的废话。”

“太好啦,就这么办!”鲍勃说完又匆匆向排字间跑去,一边跑嘴里一边嘟喃,“真是太棒了,它们不过是一堆话,而且是一个说话不算数的人的话。这下我要去把它们的眼珠子统统挖出来,嗯?还有它们那些该死的胃囊![1] 好吧!有一个家伙正好能用来填这些空。”事实上,虽说鲍勃年龄只有 12 岁,身高只有 4 英尺,

1 此处“眼珠子”喻小写字母 o,“胃囊”喻大写字母 O。也可理解为,小学徒把领班说的 i 听成了 eye(两者发音相同),把 z(izzard)听成了 gizzard(两者发音相似)。

可他已完全能够应付这种小规模的挑战。

此处说到的这种紧急情况在印刷所绝非很少发生。我说不清这是为什么，但这个事实不容争辩，每当这种紧急情况出现之时，人们总是用 X 来代替缺乏的字母。这真正的原因也许是 X 总是分字盘里剩得最多的字母，或至少说在过去总是这样，于是排字工们长期以来就养成了用 X 作替代字母的习惯。至于说鲍勃，他在这种情况下不用他已经习惯的 X 而用别的字母，那他会认为是在离经叛道。

“我将不得不 X 这篇文章，”他自言自语，当他把文章读过一遍，他惊讶道，“可这是我所见过的 O 用得最多的文章。”于是他开始用 X 代替 O，并且随他通篇 X 地把报纸印了出来。

第二天上午，当洛波利斯的人们读到《茶壶报》上这篇异乎寻常的社论之时，每个人都大吃一惊。这篇奇文如下：

“Sx hx, Jxhn! Hxw nxw? Txld yxu sx, yxu knxw. Dxn’t crxw, anxther time, befxre yxu’re xut xf the wxxds! Dxes yxur Mxther knxw yxu’re xut? Xh, nx, nx! sx gx hxme at xnce! Nxw, Jxhn, tx yxur xdixus xld wxxds xf Cxncxrd! Gx hxme tx yxur wxxds, xld xwl,—gx! Yxu wxn't? Xh, pxh, pxh, Jxhn, dxn't dx sx! Yxu've gxt tx gx. Yxu knxw! sx gx at xnce and dxn't gx slxw, fxr nxbxdy xwns yxu here, yxu knxw. Xh, Jxhn, if yxu dxn't gx yxu're nx hxmx—nx! yxu're xnly a fxwl, an xwl; a cxw, a sxw; a dxll, a pxll, a pxxr xld gxxd-fxr-nx-thing-tx-nxbxdy lxg, dxg, hxg, xr frxg, cxme xut xf a Cxncxrd bxg. Cxxl, nxw—cxxl! Dx be cxxl, yxu fxxl! Nxne xf yxur crxwing, xld cxck! Dxn't frxwn sx—dxn't! dxn't hxllx, nxr hxwl, nxr grxwl, nxr bxw-bxw-wxw! Gxxd lxrd, Jxhn, hxw yxu dx lxxk! Txld yxu sx, yxu knxw, but stxp rxlling yxur gxxse xf an xld pxll abxut sx, and gx and drxwn yxur sxrrxws in a bxwl!

这篇神秘而玄妙的文章所引起的骚动难以用语言表达。《茶壶报》众读者首先获得的明确概念就是这段象形文字中潜伏着几分恶魔叛逆的意味。人们纷纷涌向笨伯先生的住处，打算给他涂上柏油，插上羽毛，然后把他驱逐出城，可大伙儿寻遍了各处也未能找到那名绅士。他突然消失了，谁也说不出他的去向，而且从此以后再也没人看见过他的踪影。

由于找不到罪魁祸首，公众的愤怒渐渐平息。随着愤怒的平息，留下的是对这个不幸事件的一大堆不同看法。

一名绅士认为整件事是个绝妙的玩笑。

另一位说实际上笨伯先生表现出了极其丰富的想象力。

第三位承认他是过分以X为中心，但仅此而已。

第四位只能认为这是新英格兰人想表达其愤怒的一般方式。

第五位则说："就算是为子孙后代树立了一个榜样。"

笨伯先生已被逼上绝路，这一点大家都很清楚。事实上，因为找不到那个编辑，有人已在传说要用私刑处置另外一个。

然而更普遍的结论是认为那件事非常离奇并且莫名其妙。连城里那位数学家也承认他对这个如此隐晦的问题无法理解。人人都知道X是个未知数，可在这个实例中（恰如他正确观察到的一样）有一个X的未知数。

小学徒鲍勃（他没有说出他用X代替O的秘密）的意见没有受到我认为值得受到的重视，尽管他说得非常直率也非常大胆。他说，在他看来那问题压根儿没什么费解之处，还说事情非常明白："笨伯先生绝不该被赶到远方去和其他人一样喝烈酒，而应该在这儿继续喝可口的 ××× 啤酒，喝烈酒必然会使他变得粗鲁，只能使他的脾气暴躁得不能再暴躁。”